Yasmina Khadra, de son vrai nom Mohammed Moulessehoul, est né en 1955 dans le Sahara algérien. Écrivain de langue française, son œuvre est connue et saluée dans le monde entier. La trilogie *Les hirondelles de Kaboul*, *L'attentat* et *Les sirènes de Bagdad*, consacrée au conflit entre Orient et Occident, a largement contribué à la renommée de cet auteur majeur. La plupart de ses romans, dont *À quoi rêvent les loups*, *L'écrivain*, *L'imposture des mots*, et *Cousine K*, sont traduits dans 40 langues.

L'attentat a reçu, entre autres, le prix des libraires 2006, le prix Tropiques 2006 et le grand prix des lectrices *Côté Femme*.

Ce que le jour doit à la nuit a été élu Meilleur livre de l'année 2008 par la rédaction du magazine *LIRE* et a reçu le prix France Télévisions 2008 et le prix des Lecteurs de Corse.

L'attentat est actuellement en cours d'adaptation cinématographique aux États-Unis. *Les hirondelles de Kaboul* seront bientôt portées à l'écran. *Ce que le jour doit à la nuit* sera réalisé par Alexandre Arcady. Son dernier roman *L'Olympe des infortunes* a paru en 2010.

Retrouvez l'actualité de l'auteur sur
www.yasmina-khadra.com

L'IMPOSTURE DES MOTS

YASMINA KHADRA

L'IMPOSTURE
DES MOTS

JULLIARD

Le papier de cet ouvrage est composé de fibres naturelles, renouvelables, recyclables et fabriquées à partir de bois provenant de forêts plantées et cultivées durablement pour la fabrication du papier.

© Éditions Julliard, Paris, 2002
ISBN : 978-2-266-20493-4

I

L'approche

Si la rose savait que sa grâce et sa beauté la conduisent droit dans un vase, elle serait la première à se trancher la gorge avec sa propre épine. Mais elle l'ignore, et c'est dans cette poche d'ombre qu'elle puise la sève de sa survivance.

Mon excuse, à moi, vient de là aussi.

1.

Mexico, 30 décembre 2000 : un siècle prend la porte de service, viré comme un malpropre. Encombré de drames et de parjures. Il se débine en traînant la patte, la tête dans les épaules, conscient de sa damnation, ce qui ajoute à sa banqueroute une misérable ignominie.

Nous sommes à l'aéroport Benito-Juárez : mes enfants s'amusent, mon bébé s'ennuie, mon épouse s'inquiète.

Paris est à dix heures de vol sans escale.

Bientôt, nous allons survoler la côte est des États-Unis.

Serait-ce, pour nous, une manière de voler de nos propres ailes ? Si oui, comment : comme Icare ou comme les phalènes ? Ayant fleuri à ma vocation un *Automne des chimères*, j'ignore de quoi seront faits mes étés ; d'un soleil convalescent ou d'une fiévreuse canicule, des feux de la rampe ou d'inextinguibles bûchers... Le moment de vérité prépare ses verdicts ; celui du mensonge dispose ses nasses. J'ai conscience des arguments de l'une et des arguties de l'autre – je garde la tête froide. Si l'authenticité repose sur du concret, la fausseté saura exactement quand lui emprunter cette touche de vraisemblance qui, conjuguée au bénéfice du doute, la rendra plus crédible que le fait accompli.

La promesse n'est-elle pas plus enthousiasmante que l'engagement, le ragot plus retentissant que l'aveu, la confession moins stimulante que le soupçon ? Qu'est-ce que le bâton de Moïse devant la baguette de David Copperfield ? Un funambule progressant sur le fil d'un rasoir ne situerait-il pas ses performances au-delà de celles d'un messie marchant sur l'eau ? Depuis que le monde est monde, la bonne parole continue de se casser les dents sur le verbe des gourous ; le Bien n'a jamais triomphé du Mal, c'est le Mal qui finit toujours par jeter l'éponge, lassé de ses excès. Faut-il, pour autant, soupçonner systématiquement un « truc » derrière chaque miracle ? Les roses ne repousseraient plus. Renoncer est la moins excusable des défections. Quand on prend les armes, on ne les dépose pas. Question d'honneur ?... Question de vie ou de mort, simplement.

Il est 13 h 45. Le départ est prévu dans soixante minutes. Nous avons le temps d'apprécier une tasse de café avant l'embarquement.

La serveuse nous propose une table, note nos commandes et s'éclipse. Longuement.

Assis à ma droite, Philippe Ollé-Laprune, représentant du Parlement international des écrivains, sourit. Perçoit-il mes angoisses ? J'en doute : il a d'autres soucis. Je suis un peu navré de gâcher ses fêtes de fin d'année, l'obligeant à les interrompre juste pour me raccompagner. Il était parti, avec sa petite famille, chez des amis dans un village à une centaine de kilomètres de Coyoacán où il réside. Il comptait s'y ressourcer suite aux misères que lui font quelques intellectuels locaux qui voient d'un mauvais œil que la *Casa Refugio* soit confiée à un gringo qui, de surcroît, n'est pas romancier tandis que les écrivains du terroir ne demandent qu'à s'en charger. En bon encaisseur, Philippe s'accroche bec et ongles à ses missions de caseur de poètes en rupture de ban. Mais ce ne sont ni son acharnement ni la félonie de ses alliés naturels qui le font sourire. Philippe attend un enfant ; et attend sagement que je m'en aille pour retourner auprès de Martha que la grossesse tarabuste.

Il s'est dépensé tous azimuts pour rendre mon séjour mexicain moins éprouvant. En apprenant que mon installation en France s'émiettait sur des tracasseries administratives, il s'était immédiatement proposé de m'accueillir. Christian Salmon, secrétaire du PIE, n'y vit pas d'inconvénient. D'une part, la perche de Philippe lui assurait une certaine marge de manœuvre ; de l'autre, pensait-il, un exil provisoire aux antipodes m'offrirait assez de recul pour dresser l'inventaire d'une vie singulière et faire le tour d'un destin aux configurations inconcevables – mais Mexico est tellement loin de cette sacrée bonne vieille Algérie que le recul m'en donne le vertige. Les miens me manquent, ainsi que mes petites habitudes.

Je suis content de partir…

— Où ?

Je sursaute, regarde autour de la table : Philippe se dilue dans ses fixations ; mon bébé est absorbé par les contorsions de ses doigts ; mes enfants languissent après leur jus de pomme ; ma femme se demande si elle n'a rien oublié à la maison…

— Où ? glapit de nouveau la voix.

Je me retourne : Zane de Ghachimat – qui n'a pas plus de noblesse qu'un chien de race – se tient derrière moi, fier de sa face de rat, le regard mauvais par-dessus un rictus préoccupant.

Zane est l'un des principaux antagonistes de mon roman *Les Agneaux du Seigneur*. Nain, retors et orphelin, il vécut de brimades et de railleries jusqu'au jour où l'intégrisme islamique posséda l'âme de son village avant de l'entraîner dans la tourmente des assassinats collectifs et des absurdités. Zane se vengea alors des misères que les gens de Ghachimat lui avaient fait subir avec une incroyable perfidie. Les lettres que m'envoient encore mes lecteurs, quatre ans après la sortie du livre chez Julliard, ne parlent que de lui. Tous sont certains qu'il les habitera longtemps et prient le ciel de n'avoir jamais à le croiser sur leur chemin.

Il se penche sur moi, me persécute :

— Partir où, l'écrivain ? Part-on vraiment quelque part quand on fuit son pays ?

— Personne ne fuit son pays. On ne fuit que soi-même – sa vérité ou son infortune –, comme si l'âme, trop à l'étroit dans sa peau, tentait de s'en extirper.

Ma femme m'assène un coup de pied sous la table.

— Arrête de soliloquer, maugrée-t-elle à voix basse, mais avec suffisamment de fermeté pour réveiller Philippe.

Ce dernier s'aperçoit qu'il était à deux doigts de s'assoupir, redresse le dos et jette un regard sur sa montre.

— Elle en met du temps, la serveuse, dit-il pour ménager ma susceptibilité.

— Elle nous oublie.

Il la cherche, la localise au fond de la salle et lui lance de grands gestes. Immuable dans son tablier bleu, elle lui recommande de prendre son mal en patience et file vers d'autres clients.

2.

Le Boeing prend son envol.

Il n'y a pas beaucoup de passagers à bord.

Seuls les déracinés voyagent un jour de réveillon.

Nous nous installons où bon nous semble. Ghizlène et Mohammed virevoltent parmi les sièges comme des papillons. Hasnia crapahute sur les flancs de sa mère, me cherche par-dessus le dossier. Je lui fais une grimace ; elle me comble de bonheur. Elle est née le jour de mes quarante-cinq ans, et j'ai interprété sa venue inattendue comme un signe : le temps de renoncer à ma carrière militaire et de me consacrer corps et âme à la seule vocation qui a compté pour moi, la littérature.

L'hôtesse me gratifie d'un sourire glucosé, fourrage dans les cheveux de mon bébé et va vers un passager aux allures de beatnik littéralement absorbé par ses journaux. Un Allemand embrasse sa compagne sous le regard scandalisé et amusé à la fois de ma fille qui se dépêche de se retrancher derrière ses mains. En digne aîné, Mohammed la somme de ne plus s'intéresser aux deux tourtereaux. Cela me réconforte de constater que les expéditions océanes n'ont pas troublé son âme. À dix ans, un verset coranique l'émeut autant que l'hymne national. Chaque fois qu'il entrevoit l'emblème du bled quelque part, il réagit comme sous l'effet d'une visitation. Pourtant, qu'en a-t-il connu, de son pays ? À trois ans, il tombe au beau milieu d'un échange de tirs entre les gendarmes et des intégristes évadés de la prison militaire de Mers el-Kébir. À quatre ans, alors que sa mère étend le linge sur le balcon, il assiste à l'égorgement d'un jeune sergent enlevé par des terroristes, sur le pas de notre immeuble. Tout petit, il avait appris qu'il n'irait pas gambader dans les champs infestés de lycan-thropes échevelés, ni dans les bois où une bombe artisanale pourrait l'emporter ; que son statut de fils de soldat l'exposait d'office au malheur.

J'avais essayé de lui faire croire que les lende-mains finiraient par s'éclaircir pour lui ; peine perdue, ses camarades se gaussaient de lui, et les rumeurs cauchemardesques chahutant les ondes eurent raison de mes illusions.

Chaque fois qu'il me surprenait en train de préparer mon paquetage, il comprenait que je partais en mission et se mettait à pleurer. À l'instar de tous les enfants d'Algérie, il cohabi-tait avec les affres de cette nouvelle sans appel qui ferait de lui un orphelin.

À Mexico – c'est-à-dire à des milliers de kilo-mètres des arènes algériennes –, lorsque j'allais, la nuit, prier à la mosquée de Polanco, il ne fermait l'œil qu'après mon retour. Souvent, alors que je le croyais profondément endormi, il surgissait d'entre mes états d'âme, bondissait sur moi en me serrant très fort pour s'assurer que j'étais bien là...

Saloperie de guerre !

Par le hublot, j'essaie de m'intéresser aux immeubles en train de rétrécir. J'ai beaucoup aimé Mexico. Mégapole un tantinet mégalomane, riche en histoires et pauvre en initiatives, elle grouille d'une vingtaine de millions d'individus et d'autant d'esprits et s'agrippe à son passé avec une obsession telle qu'elle se laisse volontiers défigurer par un modernisme intempestif et anarchique. Mais elle ne paraît pas plus angoissée par son devenir que par la laideur de ses tours et l'abâtardissement de ses boulevards tentaculaires. Vétéran mythique recouvert de médailles et de cicatrices, elle rumine ses gloires d'antan en se foutant souverainement des mirages d'un lendemain qu'elle devine aussi dénué de charisme qu'un hercule forain. En languissant après l'autel des sacrifices, elle consent parfois, avec on ne sait quelle alchimie, à donner des noms de poètes étrangers à ses rues et un entrain lyrique à ses soupirs.

Mexico ne croit pas trop à l'enfant prodige ; ses fantômes lui suffisent. Semblable à un mastodonte sacré, elle se recroqueville autour de ses rhumatismes et de ses incantations, tour à tour attendrie et affligée par ses petits Indiens au cœur immense, ses desperados « fortraits », son folklore millénaire, son culte des morts et la ruine inexorable de ses fabuleuses pyramides. Malgré l'enchaînement des avatars et des fiançailles avortées, elle n'en demeure pas moins une ville presque sainte. Le brassage harmonieux des races et des croyances, le voisinage tranquille de l'indigence et du faste, la guerre d'usure que se livrent sans conviction ni inimitié la paresse et l'entêtement, font d'elle, incontestablement, l'une des cités les plus tolérantes de la planète.

Adiós, Mexico… Elle aura été la première à me faire toucher du bout des doigts le microcosme dont j'ai toujours rêvé et qui était, pour moi, *ma* Terre promise : le monde des écrivains.

Le hasard – ou la chance – a voulu que je réside à la Condesa, un quartier bourgeois réputé pour ses bistrots à la française, son ambiance bon enfant et ses intellectuels. C'est surtout le quartier des romanciers. Presque tous les soirs, les conférences se donnaient la main au rez-de-chaussée de la maison que je partageais avec Xhevdet Bajraj, un poète albanais rescapé du Kosovo. Ainsi j'ai vu défiler, superbes centaures, des auteurs de tous les continents. Je suis devenu ami avec Enrique Serna – « l'un des rares à vivre de ses livres », m'a soufflé Xhevdet –, Monica Mansoor, une traductrice de grand talent, Indra Amirthanayagan, un prosateur sri lankais solide et doux comme un pain de sucre, Georg M. Gugelberger, directeur de l'université américaine du Costa Rica, qui tentait de pénétrer mon être comme un spéléologue les entrailles d'un volcan, Álvaro Mutis, Édouard Glissant…

— Aimez-vous la littérature algérienne, monsieur Glissant ?

Édouard Glissant arrivait de Californie pour animer une série de conférences et ne tenait pas à se dépenser inutilement. Nous étions attablés autour d'un banquet offert par Philippe Ollé-Laprune et nous déjeunions à petites dents, absorbés par les cocasseries qu'égrenait le fascinant poète colombien Álvaro Mutis, ami intime de García Márquez et considéré comme l'une des cinq meilleures plumes de l'Amérique latine. Quelques dames se joignaient à nous, dont Sylvie, l'épouse d'Édouard ; leurs interventions feutrées et leurs rires intelligents conféraient au repas une certaine solennité.

Édouard Glissant prit le temps de découper sa saucisse, la trempa dans son jus et mordilla dedans avec délicatesse. Il reposa sur moi son regard de divinité d'ébène et raconta :

— J'ai connu Kateb Yacine. À Paris, au début des années 60. Un sacré bonhomme. (Ses yeux se remplirent de douloureuses évocations.) Je me rappelle, c'est moi qui étais chargé de présenter sa pièce de théâtre. Nous étions au sortir de la guerre coloniale. Les choses continuaient de se décomposer entre les deux communautés. C'est donc logiquement qu'une lettre de menace nous est tombée sur la tête. Elle stipulait que le premier qui monterait sur scène serait abattu. Avec désinvolture, Kateb m'a frappé sur l'épaule et m'a poussé sur les planches. « Vas-y, Édouard, puisque c'est ainsi. Tu ne seras jamais qu'un martyr de plus de la Culture. » Il avait beaucoup d'humour, mais, ce soir-là, je n'étais pas d'humeur à m'en réjouir. Je suis donc monté sur scène et j'ai attendu, avec une résignation biblique, de tomber au champ des bonnes causes.

Il sourit. Tristement. Je comprenais son émotion, mais je m'interdisais de penser que la littérature algérienne se désaltère exclusivement aux sources de la violence.

Glissant porta son verre à ses lèvres d'un geste seigneurial. Déjà, il n'était plus là ; quelque part dans ses souvenirs une escale méditative le retenait.

Álvaro Mutis reprit ses anecdotes en s'esclaffant spasmodiquement. Énorme comme une liesse. Il parlait de la bohème qui m'attendait avec ses fresques et ses frasques, ses générosités et ses ingratitudes, où, souvent, les volte-face de l'éloge laissent sans voix le plus sagace des orateurs. Entre deux contorsions hilarantes, Álvaro me lançait une œillade prévenante. Il savait que j'étais écrivain, que je débarquais d'un pays où la mort disputait la vedette à l'intrigue, et devait se demander ce que pourrait bien y changer un freluquet dans mon genre aux yeux enfoncés dans le crâne telles des arrière-pensées.

Je revins importuner M. Glissant, aussi fébrile qu'un scout lâché dans la nature.

— Avez-vous entendu parler de Yasmina Khadra ?

Édouard s'affaissa lourdement sur son assiette.

— J'ai lu.

— Et quel est votre avis ?

Il tira les lèvres sur une moue, remua la tête à droite et à gauche ; de toute évidence, les anonymats ne l'emballaient pas. Un moment, j'ai été tenté de lui dire que c'était moi. Trop tard. Il fallait enlever le masque avant la levée des boucliers.

J'étais désolé pour Yasmina Khadra. Si une référence comme Édouard Glissant se gardait de se prononcer, c'est que Khadra n'avait pas convaincu.

Je n'insistai pas. Paris éclairerait ma lanterne.

3.

Paris !…

Nous atterrirons à Charles-de-Gaulle au lever du jour.

Pour moi, le troisième millénaire sera parisien ou ne sera pas. Je le vois déjà réticent, harnaché de mille interrogations et de mille incertitudes. Ses horizons se savent peu fiables cependant, pareils aux mirages, ils s'arrangent pour damer le pion au regard le plus sceptique. Une nouvelle ère hallucine toujours ; celle qui nous interpelle promet d'être équitable. Il y aura d'autres Goebbels et d'autres Louis Pasteur, de nouvelles guerres et de nouvelles commémorations, et tous les cimetières du monde auront leurs monuments.

L'Histoire nous prouve régulièrement que nos drames sont en nous, que nos prières se trompent d'adresse dès lors que nous cherchons à imputer aux démons le tort que nous sommes les seuls à pouvoir rendre possible. Voilà pourquoi nos vœux les plus pieux ne dépassent guère la blessure de nos lèvres. Et puis, qui sommes-nous pour prétendre à des faveurs dont nous demeurons indignes ? Des dieux ? Trop piètres pour assumer une telle charge. Des surcréatures ? Souvent, les fauves font montre de plus de retenue que nous.

L'horreur étant humaine au même titre que le ridicule, les hommes singeront l'autruche jusqu'à ce que mort s'ensuive. Ainsi avance l'humanité, aveuglée par ses vanités. Les illuminés n'y verront que du feu, les astrologues que des étoiles filantes. Là où s'aventureront les bonnes intentions, l'enfer leur collera au train ; là où elles élèveront des stèles, on criera au sacrilège ; là où elles dresseront des mâts de cocagne, on y taillera des gibets. Les sages n'auront de cesse de prêcher dans le désert ; les crétins puiseront leur bonheur en chaque foutaise, les génies seront évincés par d'illustres nigauds et le bras d'honneur galvanisera les foules mieux qu'un fait d'armes...

Bien sûr, il y aura des éclaircies par moments. Le hasard fera bien les choses – de là à en profiter, c'est une autre paire de manches...

— Désespérément incorrigible, soupire Zane en resurgissant devant moi, déguisé cette fois en steward.

Il improvise une grimace simiesque, rappelant un macaque dans un costume de groom. De la tête, il me signifie que je frise la paranoïa, s'attendrit sur mon sort, hypocrite à fissurer les gencives.

Avec une obséquiosité suspecte, il me tend un plateau argenté.

— Le menu à bord n'étant pas *halal*, j'ai eu la présence d'esprit de te confectionner un sandwich consistant, parfaitement légal du point de vue de la *charia* : saumon fumé enrobé d'une fine pellicule de harissa, cornichons, piments verts, tomates naines, rognures d'oignons marinées dans un cocktail de vinaigre et d'huile d'olive. Au dessert, fromage français. Pourquoi spécialement français ? Parce qu'il a autant de caractères qu'une *machine à écrire*.

— Je n'ai rien demandé.

— Tu n'as pas besoin de te déranger. Je suis ton bon génie, maître.

— Qu'est-ce que tu veux ?

— Ton bonheur, sire. Rien que ton bonheur. Tu es quelqu'un d'absolument fantastique. Il me déplairait que tu ne t'en aperçoives pas. Le pire est derrière toi maintenant. Tu n'as qu'à tendre la main pour cueillir les lauriers de ton mérite. Ton talent est reconnu partout. Pourquoi cette anxiété ? Tu dois conjurer la lie bourrative qui fermente au fond de toi. Plonge le doigt dans ton gosier et dégueule cette saloperie une fois pour toutes, et le plus loin possible. Tu as été formidable, et tu as triomphé de tes mauvaises passes, seul comme un grand. Tu es un dieu vivant. Tes ouailles te réclament à cor et à cri…

— Qu'est-ce que tu veux, Zane ?

Embarrassé par l'inefficacité de ses flagorneries, il repose le plateau sur un siège, s'agenouille et, les mains jointes sous le menton, il m'implore :

— Une suite pour les *Agneaux*…

— Pas question.

— C'est un beau roman…

25

— N'y compte pas. Je vois clairement ce qui te trotte dans le crâne. Je ne te laisserai plus violer d'autres mortes.

— Vivantes, elles éprouvent pour moi autant de répugnance que pour un crocodile. J'ai essayé de compenser mes mochetés, et tu le sais bien. Aucune fille, aucune veuve, aucune vieille pute déchue ne daigne déceler l'être sensible et malheureux qui s'amenuise derrière l'ingratitude d'un physique dessiné pourtant par le Seigneur Lui-même. Vise-moi cette gueule. J'ai brisé tous mes miroirs et j'évite d'approcher les cours d'eau. Et ce corps tordu comme un coup fourré ! Bordel, il avait la tête où, le bon Dieu, pendant qu'il me fabriquait ?

— C'est moi qui t'ai conçu.

Zane ravale convulsivement son misérabilisme expiatoire. Il cherche la moindre lueur compatissante dans mes prunelles, dodeline de la tête, bredouille et désemparé, puis, après un silence abyssal, il revient :

— Tu aurais pu me ménager, essaie-t-il avec une insoutenable papelardise.

— Je suis écrivain. Chez moi, rien n'est fortuit ou gratuit.

— Ce n'était ni par mégarde ni par méchanceté ?

— Tu n'es qu'un personnage, Zane.

Il fronce les sourcils, réfléchit, réfléchit, son regard en faction cernant le mien. Son doigt de rongeur hésite entre se tendre vers moi ou lui traverser la tempe. Finalement, il choisit de discuter :

— Si je suis ton raisonnement, je n'ai aucune responsabilité quant aux horreurs que j'ai commises. Tu avais des idées atroces et tu avais inventé des personnages pour leur faire porter le chapeau.

— C'est à peu près ça.

— Que dois-je en déduire ?

— Tu n'es pas obligé. De toutes les façons, tu ne peux pas comprendre.

Zane est catastrophé.

Il se redresse, défait sa cravate pour dégager sa pomme d'Adam qui semble lui transpercer la gorge, déglutit avec exagération.

— Qu'est-ce que je vais devenir ?

— Je l'ignore.

— Tu l'ignores ?

— Lorsqu'un livre atteint le libraire, il échappe à son auteur.

Zane refuse de l'admettre. Il tente de me fendre le cœur ; une larme improbable contamine ses cils.

Il essaie encore, increvable :

— Est-ce que je peux, au moins, prétendre à ton paradis puisque tu es le dieu qui m'a créé ?

— Les écrivains ne disposent ni d'enfer ni de paradis.

Zane n'en peut plus.

Il ramasse le plateau d'une main malade, pivote doucement sur lui-même et s'éloigne. La mort dans l'âme. Forcément.

4.

Longtemps, j'ai jalousé les écrivains.

Je ne médisais pas de leurs œuvres, ne contestais pas leur talent.

J'étais seulement jaloux de leurs chances. Ils étaient libres, voyageaient, prenaient leur bain de foule au gré des signatures, profitaient pleinement, me semblait-il, de leur bonheur et de leur succès tandis que je n'étais même pas autorisé à aller recevoir les prix littéraires que l'on me décernait.

J'étais tellement jaloux que chaque fois que je m'emparais d'une rame de papier et d'un stylo à bille, je cherchais d'abord à leur en mettre plein la vue, à leur prouver que ma défaveur n'étendait pas ses frustrations jusque dans mon « génie », que j'étais capable d'autant de créativité que n'importe quel auteur privilégié.

Alors j'écrivais, écrivais. La rage au ventre. Le mors aux dents. La tête semblable à une aurore boréale. Aussi sourd aux choses alentour qu'un forgeron…

Ma rage se prolongeait dans une éruption volcanique lorsque, à bout de souffle et au bout du compte, je débouchais sur un texte lamentable, si médiocre que je n'osais le relire sans risquer de perdre l'estime que j'avais pour moi.

J'étais doublement malheureux.

J'avais honte.

Un jour, ne supportant plus mes dépressions, ma femme m'a dit : « Ne cherche pas à être le meilleur. Essaie seulement de donner le meilleur de toi-même. »

Dans le mille. C'était exactement cela. Ma femme avait mis le doigt là où le bât me rongeait. L'origine du dysfonctionnement qui caractérisait mes errements était enfin localisée. D'un coup, mon équilibre mental a retrouvé ses marques, son point d'appui. Plus besoin de se couvrir de ridicule en cherchant ailleurs ce qui était à portée de ma main : ma vérité – celle qui ne se détourne pas quand je la coince dans une glace, qui se confond en excuses lorsque c'est moi qui faute. En m'éveillant à moi-même, j'ai conjuré mes vieux démons. Par pelotons entiers. Sans exception. Je savais désormais ce que je voulais, ce dont j'étais capable et ce à quoi il me fallait renoncer au plus vite.

La notoriété me trouva sur mes gardes, fier de mon parcours, mais sobre. Je n'étais pas insensible aux frissons de l'ivresse cependant, il m'importait de mettre un peu d'eau dans mon vin. Gogol veillait au grain. Pas assez, me direz-vous. La preuve, cette stupéfiante initiative : pour la première fois de ma vie, *je pris une décision*. La plus difficile. La moins évidente. Lâcher ce que je tenais fermement entre les mains pour traquer une volute de fumée ; quitter TOUT – l'uniforme, ma carrière d'officier, ma famille, mon pays – pour un vieux rêve d'enfant… Avais-je hésité, douté un seul instant ? Je l'ignore. J'étais comme catapulté à travers des vergers fantasmagoriques, virevoltant au milieu d'une noce de couleurs et de senteurs capiteuses, tantôt bulle étincelante, tantôt hymne personnel…

Déroutant !

Le soldat Mohammed, depuis longtemps résigné, que l'on croyait définitivement forgé dans un maillon de ses propres chaînes, soulevait la montagne comme soulève la poussière sous ses sabots un étalon ébloui par l'horizon : ses bouquins se donnent en spectacle sur les étals des librairies !

Mais qui se souvient des huit années qu'a mis mon premier livre à paraître chez l'Enal, qui peut imaginer le calvaire de cette interminable attente lorsque chaque nuit je dormais avec l'espoir de me lever le lendemain, mon recueil de nouvelles entre les mains ? Et après combien de rejets ? Et quels rejets ! La virulence qui caractérisait les rapports du comité de lecture algérien me laissait perplexe. Certes, la pauvreté de mes textes était manifeste, mais rien, à mon sens, ne justifiait une telle véhémence. Longtemps je m'étais penché sur une note de lecture qui concluait ainsi un énième refus : « L'auteur de ce manuscrit est purement et simplement un sadique. » J'ai cherché, dans mes agissements de cadet indocile, une quelconque cruauté ; hormis l'immense chagrin d'un gamin qui vivait très mal le désistement de ses parents, nulle part de méchanceté. À aucun moment, je n'avais soupçonné le fait de raconter une histoire capable de susciter des inimitiés. À l'époque, l'Algérie sortait d'un long cauchemar colonial, ce qui m'autorisait à croire que les ambitions étaient permises. À mon âge adolescent, cadenassé dans mon cantonnement militaire, j'ignorais qu'un parti unique s'ingéniait à assujettir les consciences et les esprits. La langue de bois fleurissait aux quatre saisons, et malheur aux braconniers ! Un rapide coup d'œil sur la condition des intellectuels du pays m'apprit qu'entre l'hérésie et le sacrilège, la littérature s'érigeait en bûcher. L'anathème frappant Mouloud Mammeri, la marginalisation de Kateb Yacine, l'indifférence assassine à l'encontre de Mohammed Dib et le bannissement du chantre de la nation Moufdi Zakaria étaient des mises en demeure strictes à l'adresse des jeunes plumes. Les *zaïm* ne badinaient pas ; les mots avaient leur antidote, le moindre lapsus débouchait sur des interrogatoires ou finissait en prison. L'idée non conforme à la pensée unique fulminait comme un blasphème ; la réaction du Pouvoir s'inspirait des déferlantes cycloniques pour noyer le poisson. Sauf le poisson rouge, attendrissant de fragilité, bien à l'abri dans son bocal en cristal. Je pris conscience des deux revers du livre algérien. D'un côté, les indésirables incarnant, aux yeux des potentats, la subversion antirévolutionnaire ; de l'autre, les dactylographes du sérail, identifiables à leur chauvinisme excessif et à l'indigence de leur talent, élevés au rang de gardiens du Temple pour nous instruire au culte des leaders, à la chasse aux sorcières et au bivouac des autodafés.

Qu'est venu chercher, dans ce cirque, un bidasse ? Que s'efforce-t-il de prouver ? Qu'il est plus habile que les courtisans ou plus fou que les prévaricateurs ?

Ni l'un ni l'autre ; je voulais écrire.

Mais comment écrire sans offenser les dieux ?

En les ignorant.

Tout simplement.

Il fallait le faire.

Je l'ai fait.

Je débarque donc en France, ma muse en bandoulière, les yeux plus grands que le sourire.

Je n'ai pas peur.

Mon ombre est avec moi.

Le cœur sur la main, la source dans l'autre poing, je suis confiant.

5.

Douairière hypocondriaque, Paris m'accueille froidement, l'éventail expéditif, les yeux hérissés de faux cils.

Elle est irritée de me voir, tel un cheveu sur la soupe, fausser son festin de fin d'année qu'elle comptait célébrer dans la stricte intimité, avec juste ce qu'il faut de courtisans pour remettre la valetaille à sa place.

Le chignon plus haut que les nuages, la robe plus vaste que la grisaille de janvier, elle feint de caresser son pékinois pour ne pas avoir à me tendre la main pourtant gantée de soie jusqu'au coude.

Ma première nuit en France, Kateb Yacine est venu me voir dans mon sommeil. Il portait un bleu de Shanghai décoloré et des sandales en caoutchouc. Une barbiche effilochée – qu'on ne lui connaissait pas – tempérait l'agressivité de son menton. Il ressemblait à Hô Chi Minh, sauf que cette fois-ci, il s'en fichait. Ses soucis peuplaient son regard. L'air de l'Éden semblait ne pas lui convenir. Peut-être était-il peiné de ne pouvoir aller tenir la main aux pauvres diables en train de rôtir au fin fond de la Géhenne. Mais les instructions sont sans appel : tous les écrivains vont au paradis puisque, vivants, ils portent l'enfer des hommes.

Ses mains osseuses me saisissent par les épaules, me secouent comme une tirelire.

— Qu'es-tu venu chercher par ici, Yasmina Khadra ? Ce que ni moi ni Mohammed Dib n'avons point trouvé ? (La colère le laminait ; sa figure tressautait de dépit.) Penses-tu que nous ayons manqué de foi ou de pot ? Que dalle, mon grand. Nous avons seulement manqué de discernement. Il n'y a rien pour toi, ici, hormis le fiel qui m'a achevé et l'amertume qui grignote méthodiquement Dib par la plante des pieds. À Paris comme à Marseille, en Haute-Savoie ou en Normandie, tu ne seras que ce qu'ils veulent que tu sois : un apatride du verbe, sans statut et sans papiers, perclus aux portes blindées de l'affranchissement. Pour eux, tu n'es pas un talent ; tu es une curiosité qui s'estompera d'elle-même dès qu'on l'aura assez vue. Détrompe-toi, les clairons qui cadencent ta parade sonnent le glas de ton lendemain. Tu n'es qu'un fait divers, un fétu de paille qui s'éteint sitôt flambé. Ce que tu écris est lettre morte. On ne retient que les leçons qui arrangent. Foulée aux pieds, sans repères ni légitimité, la culture bannissement est un vice de forme. Elle se croit contrainte de se prostituer pour survivre. Il faut bien sauver la face quand on a perdu son âme. Or tu n'es pas le genre à baisser la culotte. Audace qui te coûtera la peau des fesses, de toute façon. Ici, on n'aime pas les dieux qui viennent d'ailleurs. Surtout ceux qu'on n'a pas sifflés. Ces dieux qui se font tout seuls, on les relègue au rang des charlatans. Ils exécuteraient des miracles à chaque coin de rue que ce ne serait qu'un folklore de souk. À la manière des cracheurs de feu, ils amusent un instant et intriguent le plus souvent... Tu n'es pas chez toi, ici, encore moins dans ton élément. Mais ce n'est pas à la France que tu dois t'en prendre. Ton malheur vient de ton pays qui n'a pas su te mériter.

— Non, cheikh, lui dis-je en desserrant ses doigts. Ce ne sont pas les mêmes vents qui nous ont poussés jusqu'ici, ni les mêmes sirènes qui nous ont détournés. Je n'ai ni revanche à prendre, ni défi à relever. Et les revendications m'effraient autant que les incantations. Je ne suis qu'un pèlerin qui va là où portent ses prières. Je ne vis pas d'aumônes, ne lis pas dans les mains. Mon bonheur est en moi ; ma gloire est de ne rien exiger de personne. Toute la différence est là, cheikh. Tu es venu chercher quelque chose ; moi, je suis venu chercher quelqu'un.

6.

Mes éditeurs m'attendent au *Train bleu*, gare de Lyon.

La grippe et la fatigue sont en passe de pulvériser l'hypothétique contenance que je m'efforce d'affecter.

Le matin, la glace m'a renvoyé une loque méconnaissable aux yeux cernés et au faciès travaillé au burin, tellement improbable que le sourire, qu'elle m'a adressé, en paraissait affligé.

Le nez pelé par les mouchoirs en papier, le regard embrouillé, je tente de me frayer un passage dans la cohue. Dans le ciel, de gros nuages touillent leur cafard en attendant d'éclater en sanglots. En bas, la ville retrousse ses ourlets pour esquiver les éclaboussures. Malgré la muflerie de l'automne, les rues se confinent dans leur coquetterie car Paris se veut un panache que rien ne saurait contrarier.

Betty Mialet m'intercepte à l'entrée du restaurant. Ravissante comme une métaphore. Elle constate que j'ai maigri, mais fait comme si de rien n'était.

— Vous vous êtes laissé pousser la moustache.

— C'est pour assagir les boutons de fièvre et préserver le soupçon de look qui me reste.

Son étreinte est pudique ; sa bise enthousiaste.

Elle me conduit dans un angle mort, à l'abri des indiscrétions. Bernard Barrault y occupe un canapé. C'est le patron. Son sérieux se veut l'octave haute de la pondération.

Nous nous déployons autour d'une tasse de café, parlons du Mexique, du soleil aztèque, de la frilosité hexagonale, de ma petite famille désarçonnée par le changement de décor et le décalage horaire…

Betty ouvre son sac et me tend mon livre, droit sorti de l'imprimerie.

— Il est magnifique, dis-je ému en parlant de l'objet.

— J'ai adoré, m'avoue-t-elle.

Bernard passe aux choses urgentes. Il me propose le contrat.

Betty attend que je range mon stylo pour m'annoncer que Bernard Pivot m'invite sur son plateau.

Je souris : quelques mois auparavant, lorsque M. Pivot avait annoncé sa décision de mettre fin à son émission culte, des officiers étaient venus me taquiner au mess. « Dommage qu'il ait pris sa retraite. Depuis le temps que nous guettions ardemment ton passage chez lui. Quelle tristesse ! »

— Pour ma toute première télé, vous auriez pu me trouver un interlocuteur plus prenable, dis-je flatté et inquiet à la fois.

37

— C'est un monsieur exquis, me rassure Betty. Ça va très bien se passer. Mais avant « Bouillon de culture », vous avez rendez-vous avec Jean-Luc Douin, pour *Le Monde*. La rencontre aura lieu ici même, demain à 15 h 30.

En attendant, elle me recommande de tâcher de me reposer.

Un long combat nous attend.

Je lui promets de me remettre d'aplomb bientôt.

J'avais un léger avantage sur Jean-Luc Douin. Je savais à quoi il ressemblait depuis son apparition sur le plateau de « Bouillon de culture » qu'avait rediffusé TV5 – l'unique chaîne francophone que je recevais à Mexico – trois semaines plus tôt.

Le bonhomme, qui me rejoint au *Train bleu*, n'est pas différent de l'hôte de M. Pivot. Son visage est reposant et son regard, bien que professionnel, s'interdit d'indisposer. C'est quelqu'un de bien.

Pourtant, il tombe des nues.

Il s'attendait à n'importe qui, sauf à un gringalet déshydraté qui n'a aucune commune mesure avec Brahim Llob et qu'on a du mal à croire capable de la virulence qui caractérise ses textes.

Déçu ?

Certainement.

Mais le journaliste surmonte le choc – l'échec ? – et me tend la main avec l'engagement d'un chef indien son calumet.

— Votre livre est jouissif, me confie-t-il en récupérant l'ensemble de son sourire.

J'ignore si je dois le remercier ou me taire.

Jean-Luc n'attend rien d'autre que mon récit. Immédiatement, il actionne le magnéto. L'entretien démarre sur les chapeaux de roues.

En désamorçant ses bobines, Jean-Luc semble soulagé : l'écrivain qu'il a défendu sans le connaître paraît fiable. Il range son attirail avec délicatesse. De mon côté, je range mon uniforme. Sans empressement.

Tout de suite, je cours réclamer les faveurs de Paris.

Ah ! L'impénitente croqueuse de talents ! La voilà aigrie déjà. Les bouffons l'agacent, le cérémonial l'excède. Paris n'a pas plus d'égards pour un rejeton qui jette sa gourme que pour un allié bancal lui faisant allégeance. Sa grâce et sa fortune l'exemptant de complaisance, elle n'a d'yeux que pour sa splendeur, narcissique à se noyer dans un miroir.

Pas une seule ride depuis la dernière fois que je l'ai entrevue, il y a plus d'une décennie. Sa morgue se veut immuable. Je me demande à quoi elle ressemblerait si elle venait à s'en défaire. Mais Paris n'étant Paris qu'en surplombant son monde, le moindre sourire la défigurerait. Je mettrais ma main au feu qu'elle se couche maquillée.

Hélas ! le temps opère des ravages là où l'âge demeure indécis. La familiarité de la valetaille est un affront qu'elle n'est pas près de pardonner. Refusant de se donner en spectacle, la douairière se barricade derrière son éventail. De cette façon, elle se soustrait aux sièges des banlieues engrossées d'atavismes angoissants.

Paris digère mal la république. Née d'une exaltation de palais, elle refuse d'abdiquer. Sa survie dépend de sa majesté à laquelle elle s'identifie. S'il lui arrive de soupirer, c'est pour tenir à distance le vent qui tourne. La galanterie affectée des faubourgs, le chic dopé des parvenus, la « jet-set » aux miroitements de bijou de fantaisie ; tout ce clinquant ostentatoire, farfelu et dérisoire, tous ces néo-seigneurs sans sceptre et sans réel raffinement – qui font d'un fief un chantier, d'une lignée une liste électorale et d'un trône un vulgaire fauteuil capitonné – n'effleureront guère sa susceptibilité. La noblesse de Paris est justement de ne pas être outrée là où un simple mépris suffit.

— Attention à la crotte de chien, me signale Zane accroupi sur un muret.

7.

Assis en fakir, haj Maurice jonche le canapé. Écarlate comme une pivoine. Essoufflé et suant. On dirait un immense beignet qui, après avoir longuement levé, commence à dégouliner sur le plancher.

Algérien de sang français, haj Maurice, un octogénaire débonnaire et somnolent sur le pas de son patio à longueur de journée, avait opéré quelques apparitions remarquées dans *Les Agneaux du Seigneur* avant de se faire sauvagement égorger par un jeune intégriste de son village, de surcroît son protégé. Il avait pour son bled un amour qu'on ne rencontrait pas souvent chez les autochtones. C'était pour avoir refusé l'exil que le GIA l'avait exécuté. Sa mort avait soulevé d'énormes indignations sans pour autant relever la nuque des mécontents. Mais là n'est pas notre histoire.

En me voyant arriver, il repose son éventail et ouvre un journal sur son ventre de bouddha.

— Les nouvelles sont excellentes, dit-il avec un sourire flapi. Une page entière dans *Le Monde*, Daniel Rondeau te consacre sa chronique dans *L'Express*, Ignacio Cembrero t'offre la dernière page d'*El País*. Ça a l'air de bien démarrer pour toi.

Son doigt tapote ma photo qui semble surgir d'une trappe.

— Impressionnante, la prise de vue. Je m'y suis repris à deux fois pour te reconnaître. Au début, j'ai cru qu'il s'agissait d'un rescapé de la famine soudanaise ou d'un khmer rouge face au peloton d'exécution. Tu as vu le regard que tu as, là-dessus ; il ferait avorter une ânesse.

— Je n'ai pas aimé, moi non plus.

— Pourquoi ?

— J'étais pas prêt pour les séances photo. J'ai perdu dix-huit kilos, je suis malade comme un chaton et j'ai les naseaux qui fuient.

— T'as toujours été moche. Sauf que là, tu carbures ferme. Un authentique croquemitaine. Avec une effigie pareille punaisée au salon, on est sûr d'avoir la paix avec ses rejetons.

Son doigt s'écarte de la photo en y imprimant une tache humide et va sillonner le reste de la page.

— Ton interview est honnête, mais agaçante par endroits. Le problème, comment te l'expliquer sans que tu me pètes à la figure ?

— Essaie toujours.

Il tergiverse en s'épongeant le front dans un pan de sa robe, renifle, passe la langue sur ses lèvres puis sur ses dents…

— J'attends, haj…

Des deux mains, il m'exhorte à garder mon calme.

— Tu as bataillé combien d'années pour en arriver là, Khadra ?

— Une vie entière.

— Penses-tu sincèrement que tu as le droit de foutre en l'air tant de sacrifices maintenant que tu es en train de devenir l'homme que tu voulais être ?

— Je ne comprends pas.

— Moi non plus. Qu'est-ce qui t'a pris de défendre une armée décriée partout ? Ça ne vaut pas la chandelle. De plus, tu ne lui dois rien. Je serais malheureux si, à cause d'elle, tu fichais par terre la seule étoile qui ait vraiment brillé pour toi.

— La littérature m'a appris que la vérité ne se négocie pas. Si je n'ai jamais mangé à ma faim, c'est parce que je ne mange pas à tous les râteliers.

— C'est une arme à double tranchant, la vérité.

— C'est toi qui me le dis, haj ?…

Il baisse la tête.

— Cette main qui écrit est-elle capable de tordre le cou à un gamin ? lui demandé-je.

— Non.

— À une femme ?

— Non.

— À un coq ?

— Non.

— Les amis que j'ai enterrés sont-ils des criminels ?

— Non.

— Suis-je en mesure de renoncer au seul rêve que j'ai pour protéger un tueur de bébés ?

— Non.

— Suis-je capable de siroter un verre de thé à proximité d'un étrangleur de chats ? De tourner le dos à la tombe d'un héros pour ne pas avoir le soleil dans les yeux ? De me dresser face à ce même soleil pour jeter mon ombre sur le reste ?

— Non, non, non…

— Ai-je, une seule fois, menti, triché ou trahi ?

— Non.

— Alors, de qui veux-tu que j'aie peur, haj ?

— Les hommes sont vilains.

— J'en suis un, et je ne le suis pas.

Il reste un long moment songeur, l'éventail suspendu à hauteur de ses bajoues. Une grosse perle de sueur se détache de sa tempe et va, au bout d'un périple vertigineux, se reconstituer sur son menton. Sa respiration de pachyderme remue les filaments de fumée qui se sont substitués aux toiles d'araignée dans les recoins. Au bout d'une méditation en apnée, il remonte à la surface, me ceinture de ses yeux, ensuite, percevant ma colère qui sourd, il me propose une chaise et une terrine remplie d'amandes grillées.

— Il se fait tard, lui dis-je.

— Tu as bien une minute à consacrer à un macchabée, insiste-t-il conciliant. On ne va pas se quitter sur un malentendu... Ça a été, chez Pivot ?

— Ça s'est passé si vite. J'ai l'impression de n'avoir rien dit.

— Au bled, les standards téléphoniques sont en train de sauter à l'heure qu'il est. Un sacré choc, pour les uns et pour les autres. Je me demande comment tu géreras l'onde qui va suivre.

— J'ai connu pire.

— C'est ce qu'on dit, généralement. Très vite, on s'aperçoit que le pire est à venir. À mon avis, il faut rester sur la défensive. Tu n'es pas une simple révélation, mais un enjeu de taille. Certains chercheront à te manipuler, d'autres à te récupérer, d'autres encore à te crucifier. Les bourrasques, c'est à partir de ce soir qu'elles vont se déclencher. À ta place, je vérifierais la monnaie de ma pièce à chaque fois que je porte la main à ma poche. *Tu n'es pas chez toi.* Kateb Yacine n'avait pas tout à fait tort, l'autre nuit.

— Comment le sais-tu ?

— Les morts n'ont pas de secrets.

Je consulte ma montre pour lui signifier combien j'ai besoin d'aller dormir. Il acquiesce de la tête, range le journal et se remet à agiter son éventail. Son regard grave s'arc-boute contre le mien. Il essaie d'ajouter un mot.

— Bonne nuit, le devancé-je en regagnant l'ascenseur.

— C'est ça, mon grand, pourvu qu'elle nous porte conseil à tous les deux.

Au moment où l'ascenseur arrive, il se penche sur le côté pour m'avoir à l'œil et dit :

— Il est permis au preux guerrier d'oublier une jambe sur le champ de bataille. Par contre, il lui est formellement interdit de marcher sur sa propre merde.

— Reçu.

8.

Il fait nuit dans ma chambre ; et les lumières crépusculaires des abat-jour font craindre le pire. Je suis lessivé, pourtant je sais que je ne fermerai pas l'œil de sitôt. Mes angoisses tapissent les murs, imbibent mes draps d'une moiteur urticante ; mes insomnies sont à l'affût de mes interrogations.

Sur la table de chevet, une enveloppe de Marie-Laure Goumet, notre attachée de presse : entretiens avec *Libération*, *Le Nouvel Obs*, deux radios et une télévision allemandes, Liberté Dz, deux fois France Inter, deux fois RFI, Beur FM, TV5, un journal belge, un journal danois, un rendez-vous avec M. Jean Daniel, un reportage pour le journal de 20 heures de France 2... De quoi rendre heureuse une nation entière. Tous ces bras qui se tendent vers moi, pourquoi ne suffisent-ils pas à repousser les émanations insondables qui me vicient les tripes, à dissuader mes frayeurs de naguère ? Dois-je vivre jusqu'au bout avec l'idée que tout ce qui brille n'est pas or ? Pourquoi ne pas profiter des joies d'aujourd'hui et laisser à plus tard les peines de demain ?

Je m'allonge sur le lit, entrecroise les doigts derrière la nuque et fixe le plafond. Je pense à mes enfants livrés à eux-mêmes dans une ville lointaine où je n'ai même pas eu le temps de prendre quelques points de repère. J'ai laissé mon bébé souffrant. Je n'ose pas téléphoner à ma femme qui languit loin de son Oran natal et qui ne rate aucune occasion pour me le rappeler. Elle m'en veut de la soustraire aux odeurs de Médine Jédida, à la chaleur de Saint-Antoine et à l'affection des siens, de l'entraîner dans une histoire qui ne décline pas son synopsis, ignore la portée de ses engagements et risque, sans crier gare, de se disloquer comme une farce. Déjà, à Mexico, elle trouvait au temps la même distance qui l'éloignait des côtes algériennes. Maintenant, elle me reproche chaque nuage dans l'imprévisible ciel de France, chaque toux fusant dans la chambre des enfants. Elle commence surtout à dénier la priorité de cette satanée carrière qui « compterait » plus que tout au monde à mes yeux…

Ce n'est pas vrai. Elle n'est pas tout, cette carrière, même si elle vaut l'ensemble de mes déconvenues. Je ne suis pas dupe ni ébloui. Je sais qu'il ne s'agit que d'un vieux rêve d'enfant, splendide et précaire comme tous les rêves d'enfant ; des rêves refuges lorsque la réalité déçoit et le chagrin répugne à modérer ses influences, lorsqu'une fois le sinistre accompli, l'espoir se doit de renaître de ses cendres, non comme une salamandre ou un zombi, mais juste pour permettre à la roue de la fatalité de tourner afin d'apporter un peu d'eau au moulin de chacun.

C'est mon tour de tendre la main à la chance. Faut-il croire qu'elle ait frappé à ma porte par mégarde ? Mon hospitalité est ancestrale. Je tendrais la main à mon ennemi s'il me le demandait. Je ne cherche pas à savoir si mon geste est sacrilège ou imprudence ; dans les deux cas de figure, je l'assume. Je suis venu en France me regarder en face, voir de mes yeux ce que j'ai dans le ventre, tâter de mes doigts le pouls de mes convictions. Je ne m'attends pas à décrocher la lune, me sais incapable de boire la mer ; je *veux* comprendre si c'était la souffrance qui me faisait rêver ou le rêve qui me faisait souffrir, pourquoi, contrairement aux centaines de cadets qui ont partagé mes travers, j'ai décidé de souffrir deux fois une même infortune.

Le monde que voici n'est pas le meilleur des mondes. Il ne faut pas se leurrer. Il est seulement celui que j'ai aimé à l'heure où rien ne me réussissait. Est-il beau ? Je veux bien le croire, comme la femme qu'on épouse, que l'on proclame la plus belle pour avoir troublé notre âme un peu plus que les autres et qui, pour cette raison, bénéficie de notre indulgence lorsque, en remettant les pieds sur terre, on réalise à quel point elle est ordinaire, sinon quelconque.

Au vu des désillusions qui promettent de paver mon Olympe retrouvé, souvent je me demanderai si, finalement, ce n'est pas ma beauté *à moi* qui m'a fasciné en lui…

Soudain, un grand fracas ébranle la chambre d'à côté. J'accours et découvre Friedrich Nietzsche par terre, là figure en marmelade, tandis qu'une espèce de Raspoutine s'acharne sur lui à coups de pied et de jurons obscènes. Le philosophe ne tente même pas de se relever ou de s'enfuir. Son agresseur, la chevelure tourbillonnante et les yeux exorbités, s'agite hystériquement dans sa soutane crasseuse. Ses blasphèmes mitraillent les alentours d'une rafale de bave en ébullition. Brusquement, il se rend compte de ma présence et freine net sa frénésie.

— Ordure ! Pédale ! maugrée-t-il en aplatissant sa barbe d'une main dévastatrice. T'amuse pas à te retrouver sur mon chemin car je te marcherais sur le corps jusqu'à ce que tes excréments te sortent par les oreilles.

Après un dernier regard sur sa victime étalée à ses pieds, il l'enjambe et dégringole les escaliers tel un rocher le Kilimandjaro.

Nietzsche gémit, les bras obstinément autour de la tête pour se protéger des coups.

— Il est parti, l'informé-je.

Il donne un coup de reins pour se mettre sur son séant, secoue sa tronche à la manière d'un boxeur sonné, se traîne jusqu'à la fenêtre et voit son bourreau déambuler vers la Seine.

— Hé ! Zarathoustra ! Rappelle-toi tes propos : *Ici les voûtes et les arceaux se brisent (…) dans la lutte : la lumière et l'obscurité se battent en un divin effort.*

Zarathoustra pivote, lui adresse un cinglant bras d'honneur et disparaît au bout de la rue.

Nietzsche referme la fenêtre et se laisse choir sur le sommier.

Scandalisé, je lui dis :

— Je ne permettrais jamais à un de mes personnages de lever la main sur moi.

Il fronce les sourcils en me découvrant dans sa chambre.

— Vous êtes là depuis quand ?

— Depuis le clou du spectacle.

Il se prend la tête à deux mains, essaie de recouvrer ses esprits.

Je lui tends la main pour l'aider à se relever. Il la balaie d'un geste dégoûté, parvient à tenir sur ses jambes et va en titubant évaluer les dégâts dans la salle de bains.

— Il m'a sérieusement pété la gueule, l'entends-je grommeler.

Il revient, la figure dans un torchon maculé de sang.

— Me faire ça à moi, s'indigne-t-il.

— Vous vous disputiez à propos de quoi ?

— De postérité.

— C'est-à-dire ?

— Zarathoustra trouve que je lui fais de l'ombre.

— C'est un illuminé, pourtant.

— Justement.

Il chancelle avant de s'écrouler sur une chaise. Son nez continue de saigner et ses lèvres déchiquetées bâillent dans son visage comme le trou d'un fusil de chasse.

— Vous voulez que j'appelle un médecin ?

— À cette heure ?

— Il y en a qui travaillent la nuit.

— Pas moi. J'ai besoin d'être seul. Soyez gentil, refermez la porte derrière vous.

Je me retire sur la pointe des pieds.

Dans ma chambre, la nuit persiste. Le corps à corps avec mes oreillers s'annonce titanesque. Jusqu'au matin, je guetterai le ronflement de mon voisin. Sans succès.

II

Le choc

9.

Le mal, qui a trop duré, laisse un grand vide en disparaissant.

Maintenant que je ne suis plus soldat, qui suis-je ?

Maintenant que je n'obéis plus aux ordres, que je ne marche plus au pas, que je ne suis plus obligé de claquer des talons dès qu'on me toise d'en haut, que vais-je faire de mes années de plomb que je trimbale comme une multitude de boulets ; comment me débarrasser de mes réflexes pavloviens et quelle attitude adopter pour être moi – rien que moi – c'est-à-dire quelqu'un dont j'ignore tout ?

Le vent gonflant ma chemise a-t-il assez de souffle pour engrosser mes voiles ?

Et les horizons, où l'ennemi conventionnel ne se hasarde plus, sont-ils moins traîtres que les maquis d'hier ?

Que d'interrogations incitant mes insomnies à saigner à blanc mes nuits et à tenir à distance mes jours, tels des pestiférés.

L'officier a horreur de mener son combat sur un terrain inconnu. Il se considère nu sans son uniforme, vulnérable sans son fusil.

Je n'ai pas encore peur, sauf que les questions que je me pose trahissent autant d'imperfections dans la cuirasse de mes certitudes.

Pareil au possédé qui recouvre ses esprits, je découvre l'ampleur de ma solitude. La conjuration ne me délivre pas, elle me livre à moi-même. Je l'ai ardemment souhaitée ; j'ai payé cher chacune de ses séances ; pourtant, une fois exorcisé, j'ai tout à coup le sentiment que mes démons vont me manquer.

Le téléphone sonne tandis que je me faisande dans les filets de mes draps. C'est la réception : Florence Aubenas, de *Libération*, est arrivée.

J'enfile mes vêtements, perds un temps fou à discipliner mes cheveux que le gel ne parvient pas à caresser dans le sens du poil. La glace m'apprend que mes cernes se sont prononcés, que mes joues creusent leur trou avec application. Je ne dors pas assez, mange frugalement et fume comme un dragon de Chine.

Je ne miserais pas un rond sur moi si j'étais un cheval.

Florence Aubenas est au salon. Elle n'est pas seule puisqu'elle accule le commandant Moulessehoul dans un coin et refuse de se laisser conter fleurette. C'est une dame brillante. Elle a la beauté de son intelligence, l'insolence de sa féminité, l'assurance de son journal. L'écrivain ne l'intéresse pas ; elle s'est déplacée exclusivement pour l'officier.

Armée de sa plume de tous les combats, elle se jette dans la bataille. De toute évidence, elle n'aime pas le médaillon Khadra à cause de ses deux faces. Ne le déteste pas, non plus. Elle est surtout déçue. Elle s'attendait à des révélations fracassantes ; elle n'a droit qu'à une inébranlable sincérité, chiante comme une déclaration sur l'honneur.

Elle cherche la faille dans le dispositif du militaire, contourne les obstacles, jauge les tranchées, tente des diversions… Imperturbable, le commandant ne cède pas un centimètre de son territoire.

La journaliste est en boule. Elle non plus ne lâche pas prise. Les résistances l'excitent. Elle rôde encore et encore autour du blockhaus, revient sur certaines fissures aux allures d'attrape-nigaud, s'y engouffre au nom de sa ligne éditoriale, professionnelle jusqu'à la dernière cartouche. Elle s'interdit de croire qu'il n'y ait pas anguille sous roche, que ce militaire fasse exception à la règle malgré son treillis de brute et l'immonde réputation de son institution.

De mon perchoir, j'observe la bataille rangée et ne souffle mot.

Le commandant Moulessehoul est déçu, lui aussi. Il croyait la guerre classée et est triste de se livrer à un duel de sourds où les armes pipées tirent misérablement à côté.

Finalement, Florence Aubenas décroche. Pour irrégularités. Pour elle, les héros – les vrais – ne se mesurent pas aux moulins à vent et ne s'allient pas aux tyrans. Elle boucle son sac comme on boucle un article bâclé, recule sa chaise et somme son photographe de ménager son film, le sujet n'en étant pas digne.

Avant de prendre congé, elle cite *Morituri* :

— *Je ne pense pas regarder un jour mes compatriotes avec les yeux d'antan. Je n'aurai pas de rancune – pas assez de place dans mon chagrin – mais toutes les minauderies des drôlesses ne sauraient me réconcilier avec ceux que j'estime être mes fossoyeurs potentiels. Je n'aurai pour mes amis qu'un sentiment mitigé et mes voisins de palier me seront aussi peu familiers que les Indiens du Wyoming.* En Algérie, ajoute-t-elle, rien ne relève davantage le flic ou l'officier de ce sentiment-là. Plus crûment, un autre gradé décrypte : « Quand nous avions su en 1992 que le peuple avait voté FIS, nous avons pensé : les salauds. Ils veulent la guerre, ils l'auront. Dès lors chaque Algérien est devenu notre ennemi, le peuple tout entier était à mater. »

— Ce n'est pas ce que je décrypte, lui dis-je. Et je ne pense pas « salauds » des gens que je défends. Ceux qui ont voulu la guerre ont été les premiers à déguerpir. Moi, je ne l'ai pas voulue, c'est pourquoi je l'ai faite sans tricher.

Florence Aubenas ne m'écoute pas. Elle fixe intensément le commandant, navré, lui, de crisper un aussi beau visage.

Elle s'écrie :

— Je suppose que c'est quand on se défroque que l'on se montre le moins, en Algérie.

— Vous avez le droit de le penser, madame, mais vous auriez tort de le croire.

Elle quitte l'hôtel comme on quitte une cause. Sans appel et sans recours.

À cet instant précis, j'ai regretté de n'être pas resté plus longtemps avec Jean-Luc Douin.

Marie-Laure Goumet arrive, le nez rougi par le froid, le sourire plus large qu'une baie. J'écarte les bras pour l'accueillir ; elle me traverse de part et d'autre et court embrasser le commandant.

— Comment ça a été, avec *Libé* ?

— À la guerre comme à la guerre. Elle va me descendre en flammes.

— Ce n'est pas grave. Tu as eu de superbes papiers. L'unanimité devient louche, à la longue… Le taxi nous attend, et le monde aussi.

Tous les deux se ruent au-dehors en faisant comme si je n'étais pas là.

Marie-Laure n'exagérait pas : tout le monde attend l'inconcevable officier romancier. De France Inter à TV5, en transitant par les rencontres imprévues, le même accueil fervent, avenant, sans réserve. Pendant des jours et des jours, les poignées de main sont appuyées, amicales, souvent solidaires ; l'intérêt honnête et les entretiens francs. Bien sûr, on parle plus de la confusion qui prévaut au bled que de littérature. La seule fois où je suis reçu en écrivain, c'est sur le plateau d'« À toute allure », chez Gérard Lefort et Marie Colmant. Deux succulences.

De son côté, le commandant ne s'en plaint pas. Adulé, ovationné, vanté, il se met à éprouver un malin plaisir à occulter le romancier ; indélicatesse que je digère mal. Cependant, le léger « ostracisme » n'est que conjoncturel. Les Allemands, qui sont nombreux à m'interviewer, les Belges, les Suisses, les Espagnols, les Italiens, les Arabes s'attardent, certes, sur ma singularité sans perdre de vue l'essentiel. Quant aux Algériens, c'est le coup de foudre en bonne et due forme. Ils découvrent enfin *leur* écrivain, celui qui les raconte juste, qui leur ressemble comme deux lueurs dans les ténèbres. Les entretiens se veulent des « retrouvailles », des instants de fête. D'abord Ali Ghanem, pour *Le Quotidien d'Oran*, avec son cigare de nabab et son âme de chérubin. Son engouement me désarme. Il s'agite d'aise, content et fier de mettre un visage sur l'un des pseudonymes les plus fantasques de cette dernière décennie. Puis Dahbia Aït Mansour, essoufflée parce que en retard à cause d'un incendie dans le RER. Elle est l'envoyée spéciale de *Liberté*. Sa pudeur me désarçonne. Ensuite, Sid-Ahmed Semiane, dit SAS, le mythique chroniqueur du *Matin*, un outsider d'une intrépidité inouïe ; je suis sidéré par sa jeunesse et son humilité, lui qui, des années durant, tient la dragée haute aux intégristes et aux Da Mokhless du régime en attendant de tomber n'importe quand, n'importe où. Les échos du bled sont ahurissants. Rarement la presse algérienne a salué un enfant du pays avec une telle ferveur et une telle affection. Mon père m'appelle pour me signaler que son téléphone est devenu fou, qu'au bout du fil se rallient notables, boutiquiers, officiers, universitaires, femmes, vieilles connaissances, amis d'enfance… J'en ai les larmes aux yeux. Mais je tiens bon. Mes rares moments de joie s'étant constamment laissé avoir par les vacheries qui vont avec, je ne me souviens pas d'avoir vécu un moment de bonheur sans en pâtir dans la minute qui suit.

10.

Âme en porcelaine, la plus insignifiante éraflure suffit à me disqualifier.

Si je suis aimé par des milliers de gens, grand bien me fait ; si un seul récuse cet amour, mon bonheur est fichu. J'ignore à quoi cela tient ; peut-être n'ayant point haï quelqu'un, la moindre désobligeance me terrasse, pareille à cette fausse note gâchant la féerie que tout un orchestre se tue à prodiguer.

Un journaliste me demande pourquoi avoir intitulé mon livre *L'Écrivain*. Je lui réponds que c'est ainsi que l'on me surnommait, enfant et dans l'armée. Cela ne le satisfait pas. Il suce du sel un instant puis, d'un ton inamical : « Vous ne trouvez pas prétentieux, de votre part, de vous prendre pour un écrivain ? »

J'ai mis une éternité à me persuader que j'avais bien entendu.

Plus tard, dans une lettre émouvante, un homme d'Église français m'écrira : « J'ai reçu votre livre comme une grâce. »

Je ne suis pas arrivé à trancher. Qui, du journaliste ou de frère François-Noël Deman de Saint-Savournin, avait raison ?

— Les deux ont raison, me certifie ma femme. Et la raison, c'est toi.

N'empêche, l'antipathie du premier m'atteindra plus profondément que la bonté du second.

D'autres inimitiés suivront…

Un grand reporter aux yeux bleus intimidants m'avoue franchement que mon histoire ne tient pas la route. Il n'a pas plus confiance en moi qu'en un crotale. Il connaît l'Algérie comme la combinaison de son coffre. Un soldat qui écrit des polars ravageurs sans la bénédiction de ses manitous relève d'une fiction de série B. Elle ensommeillerait un chat sur ses crottes.

L'entretien ne sera pas publié.

Les suivants, non plus.

C'est le début du malentendu.

Debout contre la fenêtre, dans ma chambre d'hôtel, j'essaie de déceler une quelconque étincelle dans le ciel boursouflé de France. La nuit parisienne me prévient : regarde, mais ne touche à rien. Si tu es venu chercher une place au soleil, à Paris le soleil est un intrus.

— Ne laisse pas le doute s'ancrer en toi, me recommande une voix dans le dos. C'est un sans-gêne. Il se croira chez lui et, après, on ne pourra plus le déloger.

— Paris hésite sur mon cas.

— Paris ne fait pas cas de toi. C'est une très belle ville. Un peu vaniteuse, et ça lui sied comme un gant. Même les New-Yorkais l'envient aux Français. Nombril des classes huppées, son faste est ivresse et son zèle érudition.

— Et sa grisaille ?...

— La buée n'est pas sur la vitre, mais sur les verres de tes lunettes.

Je me retourne.

Le commandant Moulessehoul s'appuie contre le lit. Maussade.

— La spécificité suscite plus de curiosité que le doigté. C'est injuste, d'accord, et puis après ? Il est des embarras qui dépassent l'entendement. On essaie d'y remédier ; ils ne se laissent pas amadouer. C'est dommage, et c'est comme ça.

— Ouais...

Il avance d'un pas, se ravise en voyant mes épaules durcir, regagne son coin et entreprend de trouver de l'intérêt à ses ongles.

Il est malheureux, ce qui encombre mon désarroi d'une inflammation supplémentaire.

Pourquoi ne me lâche-t-il pas les baskets, à la fin ?

Le commandant devine qu'il est tombé au mauvais moment, qu'il est indésirable et qu'il ne fait qu'envenimer les choses entre nous, exacerbant outrageusement mes aversions.

— J'ai honte de me substituer à toi le jour de ta consécration.

— Ce n'est pas la fin du monde.

— Je t'assure que je m'en veux ferme de compromettre tes chances d'écrivain.

— J'ai bien gâché ta carrière d'officier, non ?

Il prend son courage par les cornes avant de me tendre la main.

Je ne la saisis pas, préfère affronter la fenêtre, ses vitres glacées et les noirceurs du firmament. Mon reflet me présente sa nuque. Décidément !

Derrière moi, la lumière anémique de l'abat-jour se prend pour un couchant. C'est fou comme les choses se surpassent lorsqu'on a le dos tourné.

— Ça t'ennuierait de me laisser seul ?

— Beaucoup.

— Sois gentil.

Il étire les lèvres, se gratte la tempe, ne sait où donner de la tête.

— Tout à l'heure, dans un bistrot, un monsieur m'a offert une cigarette. J'ai dit que j'essayais d'arrêter. Il n'a pas insisté et a remis son paquet dans sa poche. C'est vrai que je n'avais pas fumé depuis une semaine. Et d'un coup, à cause de lui, j'ai eu brusquement envie d'en griller une. Il a rejoint sa table et s'est remis à observer la foule dans la rue. De temps à autre, son regard revenait traîner de mon côté. Il m'adressait un petit sourire distrait, et c'est tout. Quand il est parti, je n'ai plus voulu rester dans le bistrot. C'était comme si toute la clientèle avait débarrassé le plancher. Je suis sorti, à mon tour, et je me suis surpris dans un bureau de tabac en train d'acheter des cigarettes.

— Tu as fait tout ce chemin pour me raconter ça ?

— C'est drôle, n'est-ce pas ?

— Bien sûr, il va me falloir trouver une morale à ton histoire ?

— Tu n'es pas forcé.

— Suis-je forcé de te supporter, cette nuit ?

— Je m'en voudrais.

— Alors, pourquoi tu restes là à m'emmerder ?

Il hoche la tête, grogne un « O.K., O.K… » désappointé et s'éclipse dans un morceau de pénombre.

Je me retourne de nouveau, m'approche de l'endroit où il se tenait, vérifie pour être sûr qu'il n'est plus là. Soulagé, je vais dans la salle de bains remplir d'eau chaude la baignoire et commence à me déshabiller.

Il me faudra deux somnifères carabinés pour tourner de l'œil.

— Vous avez l'air mal en point, constate Mériem, la gérante de l'hôtel.

— Insomnies.

— Comment vous faites pour cravacher le jour et veiller la nuit ?

J'écarte les bras en signe d'ignorance.

Elle passe derrière le comptoir préparer mon petit déjeuner. Algérienne, elle me considère comme un membre de sa famille, ce qui l'autorise à m'admonester dès qu'elle juge que je néglige ma petite santé.

— Vous devriez consulter un médecin ou prendre des fortifiants. Sinon, à cette allure, vous allez tomber dans les pommes, le nez devant.

J'opine du chef pour ne pas la contrarier.

Depuis quelques jours, je broie du noir. Sans raison majeure. J'ai le pressentiment que la baraka ancestrale tire la langue, que je vais bientôt devoir rompre les amarres qui m'attachent à elle pour avancer, au risque de dériver au gré des courants.

Mon croissant et ma tasse de thé avalés, je rejoins les trottoirs houspillés par le vent. Le froid est horrible. Je débouche sur les Tuileries où des cohortes fantomatiques évoluent au ralenti, le teint olivâtre. Plus loin, un bus déverse, au pied d'un monument hiératique, une ribambelle de vieillards aux accents crachotants. Dans le ciel haillonneux, un soleil blafard se réchauffe dans sa propre fièvre. C'est un jour creux comme un fossé, aussi nul qu'un chèque en bois.

Les mains au chaud, la nuque courte, je flâne dans mes soucis.

J'atteins les Champs-Élysées sans comprendre comment ni pourquoi. Il est midi passé. *Chez Léon* propose des montagnes de moules pour pas cher. Je m'installe à une table et attends que ça se tasse.

La serveuse prend ma commande en fronçant le museau.

— Vous êtes écrivain, vous, je vous reconnais. Je vous ai vu chez Pivot.

J'ai mangé en grelottant.

En quittant le restaurant belge, je m'aperçois que j'ai oublié mes cigarettes. Je n'ose pas retourner les récupérer. Je remonte la plus belle avenue de la planète jusqu'au pied de l'Arc de Triomphe. Impossible de semer ma déprime que je finis par étaler devant notre attachée de presse, au 24, avenue Marceau.

— Qu'est-ce qui cloche ? s'enquiert Marie-Laure.

— Moi.

— Dépêchez-vous de vous défaire de cette mine d'enterrement. Vous êtes attendu sur le plateau de « Rive droite, rive gauche » dans deux heures.

— Un mauvais présage me colle au train depuis presque une semaine. Pas moyen de le distancer.

Marie-Laure sourcille.

Elle me trouve « compliqué » et doit fournir un maximum d'efforts pour ne pas le montrer.

Se casant positivement dans son fauteuil, elle recule du buste, m'examine en silence et consent à m'écouter.

— En faisant la tournée des librairies, j'ai vu mon livre sur l'ensemble des étals. Normalement, c'est stimulant, ragaillardissant. Je n'ai pas eu cette impression. J'étais même renfrogné, désespérant. C'est à enrager un psy, je sais. Je n'y peux rien. Je passais d'une rangée à l'autre en râlant intérieurement. Lorsqu'un type effleure mon bouquin sans le remarquer, c'est comme s'il me marchait sur les pieds. C'est stupide, je n'en disconviens pas, mais n'explique pas grand-chose, hélas ! Puis, dans la rue, quand je frottais ma gueule contre les vitrines, je ne voyais pas ce qui y était exposé. Quelque chose, dans ma tête, me répétait que mon roman va bientôt se casser les dents.

— Vous n'êtes pas sérieux, voyons. Il marche très bien, votre livre. Concentrons-nous plutôt sur l'émission de ce soir. Patrice Carmouze vient de me téléphoner. Vous l'emballez. Il y aura un autre Algérien sur le plateau : Y.B., un garçon génial. Vous verrez, l'équipe est chouette et l'ambiance très décontractée. Vous compressez inutilement, je vous assure...

Puis elle se souvient d'un détail et ajoute :

— Au fait, si vous avez une minute, M. Barrault vous attend dans son bureau.

Mon intuition ne me trompe pas beaucoup. Le cafard, que je charrie de long en large alors que j'ai toutes les raisons de me réjouir de ce qui m'arrive, a choisi le visage de mon éditeur pour s'expliquer.

Bernard Barrault a la mine difficile. D'emblée, je soupçonne mon roman de faire chou blanc malgré une couverture médiatique de grande qualité. Impossible : il figure sur la liste des meilleures ventes.

Je me déporte sur ma situation administrative qui nous tarabuste : le Parlement international des écrivains qui devait la régulariser n'a plus donné

signe de vie depuis que j'ai défendu l'armée algérienne ; se rétracte-t-il au moment où nous avons
besoin de lui ?

Ce n'est pas ça, non plus.

La raison, qui bouleverse mon éditeur, repose
sur son bureau. Il s'agit du livre que publie
François Gèze et dont les échos commencent à
se répercuter dans les couloirs des rédactions,
accusant l'armée algérienne d'être derrière les
massacres de populations civiles, rumeurs que
j'avais démenties quelques semaines auparavant.

Bernard Barrault paraît gêné par cette histoire
qu'il devine néfaste à la promotion de *L'Écrivain*
et, peut-être, à ma carrière de romancier. Il pousse
le livre litigieux dans ma direction.

— Qu'est-ce que ça signifie ? lui fais-je, irrité
par son geste.

— Pierre-André Boutang vous l'envoie. Il
voudrait avoir votre avis.

J'ai énormément de considération pour
M. Boutang. C'est un homme correct, professionnel sans excès, courtois aussi bien avec les
alliés qu'avec les suspects. La hauteur de son
regard n'a rien à voir avec celle de sa stature.
Mais ce qu'il me demande là me dépasse.

— J'ai déjà défini mes positions par rapport à
ce sujet.

— Vous devriez le lire. On pourrait vous en
parler.

— Je n'ai pas besoin de me donner cette peine
pour deviner ce qu'il contient. La guerre, je l'ai
subie d'un bout à l'autre, sans entracte, pendant

huit ans. J'ai été le mieux placé pour savoir ce que c'est.

Bernard est embarrassé. Lui qui, à ses risques et périls, s'était aventuré à deux reprises en Algérie pour me rencontrer – en ignorant totalement où il mettait les pieds –, le voici ne sachant à quel saint se vouer. Pire : il doute.

Je balaie le livre en question et retourne ruminer mes furies auprès d'une Marie-Laure de moins en moins à l'aise en ma présence.

— Bernard ne doute pas de vous, monsieur Khadra, me dit-elle. Il est seulement embêté. Pour nous, à cet instant précis, le dilemme est simple. Si vous ne répondez pas aux accusations portées contre l'armée, les efforts accomplis pour vous faire connaître risquent d'être vains. Si vous répondez, vous risquez d'apparaître comme le défenseur zélé d'une institution que les Français condamnent plus ou moins ouvertement. Et on ne voit pas de solution au problème qui nous est posé.

11.

Formidable talent dans un dé à coudre, Y.B. incarne cette jeunesse algérienne née pour étonner et à laquelle on a confisqué jusqu'à l'effet de surprise, ne lui laissant que les poings pour cogner et le verbe pour abjurer. C'est un garçon que j'ai aimé, que j'aimerai toujours. Son courage est fantastique, sa perspicacité l'est moins ; sa verve demeure néanmoins indomptable. Au-delà de son statut controversé, il dispose d'un atout précieux : le temps. Sans verser dans le paternalisme, je reste convaincu qu'avec l'âge et un minimum de retenue, chaque cheveu blanc sur sa tête aura la réverbération d'une présence d'esprit.

En attendant de bonifier, il me guette à « Paris première », la tête pétillante de questions pièges, de larges coupures de presse en guise de pièces à conviction. Pour ma part, je le rejoins les mains vides pour ne rien rater des siennes. Je suis content de serrer contre moi un journaliste exceptionnel dont j'ai adoré les chroniques dans *El Watan*.

La rencontre prend l'eau car conçue différemment dans les mentalités. Y.B. ballotte entre la déclaration de guerre et l'expectative. Sa perplexité m'étonne. Je soulève les basques de ma parka pour lui montrer que je ne suis pas armé. Il se détend un peu, sans relâcher d'un cran les journaux qu'il étreint à bras-le-corps. Afin de décrisper l'atmosphère, nous discutons à propos de notre littérature, notre bled, nos massacres...

C'est notre tour de passer sur le plateau. Yeux rieurs et sourire diamantin, Thierry Ardisson est épuisé sans l'admettre. Il s'efforce de finir son émission en beauté. Visiblement, il n'a pas l'air d'avoir lu mon livre, mais paraît impressionné par mon dossier de presse. Il a préparé un court reportage sur moi. Patrice Carmouze, lui, a lu mon récit. Sa satisfaction illumine son visage. Il me reçoit avec beaucoup d'égards. Quant à Y.B., il est pressé de passer aux choses sérieuses. D'emblée, il déclare être venu « accrocher (son) wagon à (ma) locomotive médiatique ». Je n'y vois pas d'inconvénient. Il ne parlera pas de son livre, au grand dam de son éditeur ; il se contentera d'épouiller mes interviews, mettant en exergue des contradictions qui n'en étaient pas. Mes mises au point ne le découragent pas ; elles ricochent sur son armure d'assaillant telles des brindilles. Il revient sur les « anomalies », souligne mes propos « accablants », dévoile mes attitudes « louches », condamnant sans réserve le respect, somme toute mérité, que j'ai pour ces soldats qui furent mes frères, mes amis d'enfance, ma famille, mes compagnons d'armes, mes martyrs, mes espoirs et ma vie... Antimilitariste

– au fait, c'est quoi au juste cette appellation obtuse que certaines bonnes consciences portent avec désinvolture à leur boutonnière tout en s'insurgeant publiquement contre l'intolérance et la discrimination –, il charge l'officier, refuse de voir le romancier qui se bat comme lui, peut-être un peu plus, pour un soupçon de lumière dans l'embargo des nuits. Je ne le comprends plus. À quoi joue-t-il ? Que cherche-t-il à démontrer ? N'est-il pas celui qui avait écrit, trois ans auparavant dans *Le Nouvel Obs*, que, quelles que soient les rumeurs et les supputations déformant son identité, Yasmina Khadra est d'abord et avant tout un « écrivain majeur » ? Pourquoi se remet-il en question maintenant qu'il découvre un soldat derrière le flic ? Toutes les armées de la terre ont offert, à leur nation, des aigles et des vautours, des Himmler et des Rommel. Pourquoi faut-il croire que celle de l'Algérie ne peut avorter que d'ogres et de faux jetons ?

Y.B. n'accrochera pas son wagon à ma locomotive.

Nous ne prenons pas le même train.

Thierry Ardisson tape dans ses mains ; le spectacle est terminé. On range ses affaires et on rentre à la maison.

Dans le couloir, un Y.B. gêné m'avoue :

— Tu m'as planté.

Aucune inquiétude, j'ai la main verte.

Dehors, le jour a profité des feux de la rampe qui m'éblouissaient pour se tailler. Si vite que la nuit n'a pas eu le temps de déballer son paquetage. Un clair-obscur consent à prendre en charge cet abandon de poste pour éviter l'incident. Il réquisitionne auprès des pénombres de quoi faire croire que le soir est là et le badaud, s'en moquant royalement, feint de se prêter au jeu pour éviter de s'attarder dessus.

Y.B. saute dans son taxi et s'en va.

Je reste au milieu de la rue, indécis. Mon taxi ronge son frein devant le portail ; je l'ignore. Dans ma tête, des trémolos épineux tintinnabulent. Je tente de ne penser à rien, m'aperçois que j'en suis incapable.

Soudain, un spectre s'écaille d'un mur ; d'abord par volutes de fumée, il se ramasse petit à petit autour d'une silhouette et finit par se reconstituer.

C'est un homme, plus exactement un forçat ancienne génération, au visage exsangue et aux yeux chauffés à blanc. Il a la stature démaillée de quelqu'un qui s'est tellement frotté aux causes perdues qu'il n'arrive pas à s'en détacher sans s'effriter par pans entiers. Ses traits ne sont pas précis, mais ses cicatrices sont vives.

Poussé par un souffle d'outre-tombe, il glisse vers moi pareil à une impression saugrenue vous traversant l'esprit. Je crache sous ma chemise pour détourner les sortilèges. Il en rit et me dit d'un ton sépulcral :

— Y a pas le feu, je t'assure.

Je préfère garder mes distances, prêt à battre en retraite. Mon effroi l'amuse. Il écarte les bras pour me montrer ses bonnes intentions.

— Désolé de t'effrayer, je ne peux pas faire autrement. Je n'appartiens plus à ce monde et ne suis plus tenu de frapper à une porte avant d'entrer. Ce n'est pas que je sois un malappris, je suis un fantôme. Je pose la main sur un mur, et aussitôt je suis de l'autre côté.

Il regarde un haillon se décrocher de sa poitrine, ondoyer autour de sa figure avant de s'envoler à tire-d'aile ; essaie de l'attraper sans succès.

— De mon ciel, je continue d'observer ce qui se trame ici-bas, dit-il. C'est pas la joie. À croire que les mortels adorent se compliquer l'existence. C'est même pas la peine d'essayer de sauver les meubles. De mon vivant, j'ai refusé de croiser les bras et de laisser faire. J'ai passé mes meilleures années à croupir dans les prisons. À quoi ça m'a avancé ?… J'ai pensé qu'une fois là-haut j'allais m'assagir et rentrer dans les rangs. Je me suis trompé. Je suis incapable d'entendre geindre quelqu'un sans gueuler avec lui. C'est pourquoi j'ai quitté mon petit coin de paradis pour partager un moment de ton déplaisir. Je crois savoir où ça coince, chez toi. Je connais ce genre de défaillance, et les dégâts qu'il occasionne sont irréversibles. Si l'on n'y remédie pas rapidement, on est foutu. Donc, commençons tout de suite : il ne faut pas leur en vouloir, Khadra. La réaction des gens à ton égard est logique. Ce n'est pas tous les jours

76

que l'on croise une sincérité à l'état pur. Ce que tu as osé entreprendre est inouï et fait de toi systématiquement soit la pire des canailles, soit un sacré bonhomme. En ce qui me concerne, je m'interdis de soupçonner une seconde qu'une foi aussi évidente puisse se prostituer.

— Qu'est-ce qui te rend si sûr de toi, Nuage de fumée ?

Un sourire éclaire chichement sa figure.

— Je suis Nazim Hikmet. Je connais les geôles et le cœur des humains mieux que mes poches.

— Tu penses que ça suffirait à mon bonheur ?

— Ce qui importe est de donner un sens à son martyre. N'oublie pas que tu es un écrivain.

— Et c'est quoi, au juste, un écrivain ?

Il hoche tristement le menton.

— Je sais qu'aujourd'hui mes poèmes ne pèsent pas lourd devant une histoire de cul, que le livre s'ouvre au scandale avec l'empressement d'une pute accueillant son premier client, qu'il y a plus de factures impayées que de métaphores dans les manuscrits… Est-ce une raison pour renverser l'encrier ? Bien sûr que non. Et c'est là que tu interviens, l'écrivain. Là où tout porte à croire que la partie est perdue. Un écrivain est la seconde chance de l'humanité. Lorsque la décadence menace de se généraliser, le verbe durcit le ton et rappelle le cheptel à l'ordre. De nos jours, ça frise le ridicule. Mais ce sont les épreuves qui forgent les dieux.

— Je ne suis pas un dieu.

— Tu es celui de tes personnages.

— Ils se sont très bien débrouillés sans moi. La preuve, je les déstabilise maintenant que je les rejoins.

— Ce n'est pas grave. Ce ne sera qu'un combat de plus sur ton parcours. Ton problème : tu t'es trompé d'époque. Giono t'aurait soutenu, et Camus peut-être aussi. L'autre problème : ils ne sont pas joignables et tu dois te démerder seul comme un grand.

— Sincèrement, il m'aurait adopté, Giono ?

— Et comment ! Seulement, il ne faut pas le crier sur les toits. À Paris, c'est mal d'être conscient de ses prédispositions. La consécration, désormais, rehausse le prestige de celui qui l'octroie et met celui qui la reçoit en position d'éternel redevable. Ce n'est pas encore de la charité, mais ça lui ressemble à s'y méprendre.

— Que me reste-t-il à faire ?

— Écris. Ne perds pas ton temps à justifier l'injustifiable. Il y a, au pays conflictuel des Belles-lettres, parmi les tranchées de jalousie et les barbelés de l'exclusion, juste là où s'épuisent les arguments de la probité intellectuelle, un *no man's land* qu'aucune mesquinerie ne peut fouler aux pieds. C'est un havre aseptisé où seuls les écrivains de race élèvent leur monument. Il s'appelle : la Conscience.

Mon taxi s'impatiente.

Je salue le poète turc et me dépêche.

— Yasmina Khadra…

Je me retourne.

Nazim Hikmet me sourit. Cette fois, son sourire évoque un cierge au fond d'une chambre mortuaire.

— Je donnerais mes plus beaux poèmes pour un seul jour de ta vie, me dit-il.

— Je donnerais tous les miens pour un instant de répit.

Il me cligne de l'œil, me montre son poing pour m'exhorter à plus de fermeté et se met à se dissiper dans sa propre brume.

12.

Le TGV fait de son mieux pour me ramener au plus vite auprès de mes enfants. Il file à toute allure à travers la campagne de France. Une bruine s'évertue à adoucir les humeurs tandis que le vent de la course s'amuse à tisser des toiles d'eau sur la vitre. Leur manège ne me distrait pas. Mon chagrin me tient en haleine ; il me veut pour lui tout seul.

C'est un beau pays, la France.

Se rend-elle compte de sa féerie ?

Elle ne se rend même pas compte de ses chances ; autrement, elle mesurerait la déveine des autres nations.

Mon regard dérive sur les vallonnements verdoyants qui s'en vont, dans un mouvement d'ensemble feutré, chatouiller les orteils de l'horizon. Là-bas, une ferme veille sur ses cinq vaches qui ont l'air d'éclore dans une chanson de Brassens. Un chien drapé de son pelage moutarde court comme un amour adolescent le long d'une haie. Un hameau s'éclipse, et revoici les champs qui reprennent possession de chaque empan de terre pour les enfouir dans le giron glauque des bosquets, à l'abri du béton.

Captif de mes soucis, au lieu de profiter des beautés défilant de part et d'autre, je tends la main vers le rideau enchanteur pour retrouver, indemnes, les laideurs injustes de mon pays. Je revois les splendeurs de Fellaoucène aux quiétudes profanées par le bourdonnement de mes hélicoptères, aux fraîcheurs compromises par une meute d'énergumènes crasseux, la barbe jusqu'au pubis, guettant entre deux accalmies les prochaines tueries ; je revois les bleds édéniques de Beni Aad où les engins explosifs coudoient les champignons ; les lieux-dits maudits livrés aux chacals et aux sangliers où les chats abandonnés se découvrent des réflexes d'hyènes ; je me souviens du sang grumeleux dans les patios, des longs mugissements des veuves, des meubles de fortune renversés sur des corps d'enfants, du chien qui refuse de retourner là où des hommes se sont livrés aux pires des atrocités... S'encordent les horreurs : Hammam Mentilla, Tafessour-le-traquenard, Tiaret-la-hideuse, Relizane-l'apocalyptique, Sfisef-les-douze-institutrices, les routes où chaque virage exhibe ses drames pour faire valoir son droit de cité, les villageois désemparés, ce père qui me traîne vers son cauchemar, les soldats remontant des battues, le regard aussi vif qu'une incision... L'Algérie ! Offrande aux dieux ingrats, vouée aux vautours et aux chats-huants, reniée par ses *zaïm* et ses chantres, ses ouailles et ses gourous, ses victimes et ses bourreaux, contrainte au veuvage après tant de concubinages incestueux… L'Algérie, horrible constellation dans le ciel des utopies, sans nations sœurs et sans pays amis, seule mais vaillante jusqu'à la grossièreté… Elle a tellement pleuré ses morts qu'il ne reste plus d'eau dans ses rivières.

En face de moi, un gros monsieur patauge dans ses journaux. Il n'a pas levé les yeux depuis qu'il s'est assis. Je considère son indifférence comme une exclusion ; je ne lui en veux pas, mais ne le supporte pas, non plus.

Sur ma droite, un militaire en civil, reconnaissable à sa nuque rabotée et à sa grogne en gestation, tire âprement sur une cigarette. Son téléphone mobile ne cesse de sonner ; il ne décroche pas, ne l'éteint pas. Il mesure nettement l'agacement qu'il suscite et s'en inspire pour emmerder le monde.

J'essaie de lire. Impossible de me concentrer.

Je passe au crible mon séjour parisien, les différentes rencontres qui l'ont jalonné, tente de rester positif. Rien à faire. La capacité de nuisance d'une goutte de cyanure est plus performante qu'une brassée de plantes médicinales.

Après trois heures de voyage, je me rends compte que je n'ai rien mangé depuis la veille. Je demande pardon au militaire et tangue vers le wagon-bar. Une demoiselle est derrière le comptoir, le sourire au placard, le geste au four. Je commande un sandwich au fromage et un jus d'orange et vais m'installer dans un coin.

Un bonhomme sanglé dans un costume de star arrête de mordre dans sa ration et rejette exagérément la tête en arrière pour me signifier à quel point il n'en revient pas de me trouver nez à nez avec lui. Sa stupéfaction surfaite m'interpelle. J'essaie de le localiser dans mes souvenirs ; son visage osseux, foncièrement scélérat, ne me dit rien.

Il s'essuie la bouche et les doigts dans un Kleenex en remuant la pointe de ses épaules dans un rire silencieux, ensuite, l'effet de surprise surmonté, il libère un hennissement incongru :

— Tu ne vas pas me faire croire que tu ne m'as pas reconnu. À moins que la notoriété te soit montée à la tête.

— Je ne vois pas qui vous êtes, monsieur.

— Monsieur ? Vous ? Quelle délicatesse !

Il tamponne les commissures de ses lèvres, un sourcil haut, l'autre à ras la paupière.

— Vraiment, tu ne vois pas ?

— Je suis désolé, à qui ai-je l'honneur ?

— Arrête ton char, voilà que tu causes comme les gens bien élevés.

Il dévoile ses traits, les uns après les autres, me propose un éventail de grimaces épouvantables afin de stimuler ma mémoire.

— Je ne vois pas qui vous êtes, monsieur.

Il cogne sur le comptoir et tonitrue :

— *À quoi rêvent les loups*, bon sang ! Les bidonvilles d'El-Harrach... Le personnage dégueulasse, au pantalon rafistolé, qui raconte comment ce goinfre d'Omar Ziri, le caïd des caïds, a chié dans son froc quand son heure a sonné.

— Salah l'Indochine ?

— Ouais, Salah l'Indochine, en chair et en os… Eh ben, dis donc, si un écrivain ne reconnaît plus ses personnages, je me demande où va la littérature [1].

— Qu'est-ce que tu fais en France ?

— Comme tout le monde : je viens témoigner.

— Témoigner ?

— Arrête de déconner, Yasmina. Le pied me tend la perche, et je vais pas me gêner. J'ai déjà commandé un stock de Viagra et réquisitionné la moitié des bordels de Paris.

— C'est-à-dire ?…

Mon ignorance le scandalise.

Après m'avoir toisé une minute, il se penche sur moi.

— Le bled pète les plombs, tu piges ? Ces innombrables massacres qui réclament le tie-break commencent à sentir le roussi. La situation se dégrade de jour en jour, et les consciences parisiennes en sont exacerbées. Des organisations humanitaires ont décidé de passer à l'offensive.

---

1. Dans *À quoi rêvent les loups* – roman à travers lequel j'explique la descente aux enfers d'un jeune Algérois frustré, récupéré par la mouvance intégriste –, Salah l'Indochine est un vétéran de l'Indochine et de la guerre d'Algérie. Enrôlé par les GIA en qualité d'agent recruteur, Salah fera montre d'une cruauté inouïe et assassinera des innocents sans état d'âme aucun. Avec Zane, il est l'un des plus abominables personnages qu'il m'ait été donné de créer.

Comme il n'est jamais trop tard pour bien faire, j'ai répondu présent. La vérité, j'étais pas bien au douar. Malgré les vagues de repentis, l'absolution coinçait. Quelque chose dans l'air était malsain. Je ne pouvais pas sortir dans la rue sans tomber sur un fantôme. Ses survivants l'escortaient, les intentions claires. La concorde civile n'était qu'un piège. La vendetta aiguisait ses lames. C'était pas bon. Ne sachant sur quel pied danser, j'ai choisi de mettre les voiles. J'ai sauté dans la cale du premier paquebot, et bonjour l'asile chrétien... Ça n'a pas été commode, s'attendrit-il brusquement. J'ai gueusé de soupe populaire en bouche de métro, roupillé sous les ponts ; j'ai même été forcé de tendre la main aux passants. La honte ! Je baissais la tête devant les chats de gouttière. En guise de psalmodies, je racontais les monstruosités que j'ai vécues dans les maquis. Des types compatissants m'ont offert des cigarettes avant de me tendre des micros. Aussitôt, j'ai été exposé dans les rédactions. Mes histoires ont hérissé et les cheveux et les poils. Y en avait qui tournaient de l'œil, je te jure. Petit à petit, mes dépositions ont constitué des chapitres. J'avais pas fini de me moucher que le bouquin était fin prêt. Paraît que c'est du jamais-vu. Moi-même ignorais que j'avais vécu tout ça. Je vois d'ici la une des canards : *L'émir septuagénaire du Grand-Alger vide son sac – Explosif !*... J'ai pas eu à laisser mes empreintes digitales sur le clavier de la dactylo à écran. Un contingent de binoclards-fonds-de-verre, avec des diplômes de quoi entretenir deux autodafés, se sont ralliés pour recueillir mes témoignages. J'ai *tout* déballé. Avec une minutie chirurgicale : les dizaines d'assassinats, les faux barrages, les enlèvements, les viols, la filiation complète de mes victimes, les conditions de leur exploitation, date et heure de leur péremption, coordonnées exactes des charniers où elles reposent... Im-pa-ra-ble ! Comme je suis fiché dans l'ensemble des commissariats, connu des grands et des petits, dès qu'on verra ma photo sur les journaux, des milliers de miraculés vont s'écrier : « C'est lui, la bête surgie de la nuit des temps ! »

— La France est un pays de droit, lui fais-je remarquer. Tu seras arrêté et jugé pour crimes contre l'humanité.

— Pas si je mentionne, *dans le texte*, que j'ai agi au profit de la Sécurité militaire.

Cela me coupe en deux.

Salah l'Indochine ricane, fier de sa trouvaille et subjugué par son effet.

— Je t'en bouche un coin, pas vrai ? glapit-il en remuant le museau à la manière des lièvres.

— Tu dérailles, mon vieux. Tu es *mon* personnage. Je dirai que tu mens.

— À qui ? Qui va te prêter attention ? *Épidabord*, qui prouve que tu n'es pas un fumier de scribouillard à la solde des généraux ?

Devant mon effarement, il braque son index et me fait « pan ! »

— Ça va marcher comme sur des roulettes, ajoute-t-il emballé. Il me suffit juste de faire

porter le chapeau à l'armée pour être systématiquement absous de mes crimes. Mieux, j'aurai
droit au statut de réfugié politique, à une garde
rapprochée digne d'un nabab, et vivrai le reste de
mes vieux jours en honorable rentier. Des intellos
de renom – qui ont eu la chance d'échapper à mon
sabre – me soutiendront bec et ongles. Les micros
fondront sous les projecteurs chaque fois que je
daignerai me montrer sur un plateau de télé… Tu
te rends compte, moi qui ne suis pas plus lettré
qu'un timbre, pas fichu de remplir correctement
un imprimé postal, je m'en vais d'un coup rafler
la vedette à certains *écrivains majeurs, grands
auteurs de langue française*, à des – comment elle
disait, déjà, Martine Gozlan – *seigneurs de la
littérature universelle*… Purée ! Si j'avais soupçonné, à mes vingt ans, qu'être inculte n'empêche
pas d'être best-seller, j'aurais opté pour les
Belles-lettres depuis que j'étais vaguemestre à
Diên Biên Phu…

— Je suppose que tu es fier de toi.

— J'en ai rien à cirer, de la fierté. C'est un
anabolisant pour crétin en manque de ridicule. Ne
me regarde pas comme ça, *kho*. L'extraterrestre,
c'est toi, qui n'as rien saisi. Le monde a changé de
look. Pour être roi comme Dagobert, il faut mettre
sa culotte à l'envers. Il n'y a plus d'idéaux, il n'y
a que des idiots qui se baguenaudent dans des
slogans aussi creux que le ventre des affamés.
Désormais, la patrie tient dans une carte bleue et
les valeurs sur un RIB. Ta crédibilité s'évalue en
fonction de ton crédit. Si tu as le sou, tu es

solvable ; si tu es fauché, tu es engrangé. La Révélation, aujourd'hui, ce sont les relevés ; relevé des ventes, relevé bancaire. Il n'y a plus qu'une seule et unique loi, la loi du marché que nul n'est censé ignorer. *Business is business.* Cela s'appelle se sucrer. Diabétiques, s'abstenir.

III

Le doute

13.

Ma femme craque.

L'exil lui pèse.

Aucune tour de Pise ne l'enchanterait mieux qu'un patio de Sidi Blel, aucune plénitude n'égalerait le chahut torride d'El Hamri.

Si les pyramides de Teotihuacán ne sont pas parvenues à occulter la sérénité de *sa* Santa Cruz, ce n'est pas la froideur de la France qui va la consoler des boutades oranaises…

Les choses commencent à se décomposer.

Après les affres du dépaysement, voici venir les hantises du doute.

Depuis la sortie du livre de la discorde, jeté à la mare par les éditions de La Découverte, j'ai le sentiment d'être lâché, poussé dans le vide du haut de mon nuage.

De la dizaine d'interviews que j'avais accordées autour de la polémique, seuls *Marianne* et *France-Soir* en publient une partie ; les autres, ne sachant par quel bout prendre mes déclarations, ont préféré y renoncer.

Les comptes rendus, que de nombreux journaux et magazines avaient promis de consacrer à mon roman autobiographique, ne suivent plus.

Mon téléphone se fossilise dans un mutisme tombal.

Du jour au lendemain, l'enthousiasme cède la place à la bouderie.

Mes joies ayant toujours été les meilleures complices de mes peines, ma solitude se frotte les mains ; elle a de quoi s'occuper.

J'essaie de garder la tête froide.

Ma femme panique.

— Je t'avais dit qu'il fallait nous laisser *chez nous.*

— Je ne pouvais pas.

— Tu pouvais… Tu aurais dû venir en précurseur, vérifier la fiabilité du terrain avant de nous engager sur cette foutue piste.

Je m'efforce de la calmer. N'arrive qu'à accentuer son désarroi. Elle ne veut rien entendre hormis le sang battant à ses tempes. Elle m'avait mis en garde, des années auparavant. « Les gens ne sont pas toi, ni ce que tu crois », qu'elle me répétait sans cesse.« Je te suivrais au bout de la terre, à condition qu'il n'y ait personne d'autre que toi au gouvernail. J'ai confiance en toi. Je sais qui tu es. Mais j'ignore qui sont tes amis. » J'ai beaucoup ri de ses appréhensions. Mes rires la rassuraient. Elle ne savait pas lever les yeux sur moi sans capituler. Jamais je ne l'avais déçue, jamais elle n'avait hésité lorsque je lui faisais signe de me suivre. Le jour où elle a compris que je tenais absolument à publier *Morituri*, elle m'a regardé dans les yeux pendant une minute, peut-être moins, et elle s'est retirée. J'étais allé la trouver au salon. Sa main blême et nerveuse s'était apaisée dès que je l'avais prise dans la mienne. Elle ne reculera plus, ira aussi loin que moi, brave comme c'est rarement possible. Aujourd'hui, elle est en colère, ne me pardonne pas de m'être laissé désarçonner par des individus indignes, moi, *sa* fierté.

— Nos enfants ne sont pas des balluchons. Trois écoles, trois langues, trois continents en moins d'une année scolaire. Où nous mènes-tu ? Tes alliés te tournent le dos…

— Ils ont besoin de temps.

— Et les autres ?

— Ils ne savent qui croire.

— Ils le croient, *lui*. Il est sur tous les écrans. Et toi, pourquoi tu ne passes toujours pas au journal de 20 heures de France 2 ? Le reportage a été réalisé il y a des semaines.

— Les médias travaillent ainsi. À chaud. Ils vont se calmer. Tu verras, ça va aller.

— Alors, cesse de compromettre ton rêve avec tes prises de position suicidaires. Ne parle plus de l'armée.

Je la menace du doigt.

— Je défends l'honneur des miens.

— Ils ne t'ont rien demandé.

— Ils n'ont pas besoin de le faire.

Je claque la porte et pars me dissoudre dans la rumeur de la ville.

Aix, ce jour-là, butine dans ses petites manies. Cité bourgeoise et taciturne, elle se passe en revue sur ses vitrines. Le dos, qu'elle m'offre, est lui-même une devanture ; il me renvoie le reflet d'une ombre.

Je vivrai ainsi quarante jours.

D'une effroyable incubation.

Aussi impétueux et vain qu'une crue du Tassili.

Je me noie dans mes délires. J'ai envie de brûler mes livres, sans exception, comme autrefois mes manuscrits au bout du troisième rejet.

Marginalisé trente-six ans par une armée hostile à ma vocation de romancier, voici que mon Olympe de lumière me renie à cause de mon statut d'officier. Je pardonne l'attitude de la première, j'admets moins celle du second. Le paradoxe investit mes nuits. N'aurais-je pas dû accepter mon destin ? Peut-être suis-je venu au monde pour obéir – rien qu'obéir ; suivre à la trace les itinéraires qu'on me confie, saluer comme on me l'a appris, ne répondre que lorsqu'on me le demande, cirer mes bottes à « atteindre mon image », claquer des talons dès qu'un supérieur se racle la gorge, me contenter des étoiles sur mes galons, ne danser qu'au pas cadencé, n'épouser que mon unité, ne fantasmer que sur l'ennemi, idolâtrer mon arme comme un trophée, chercher l'orgasme dans le feu de l'action, ne reconnaître des honneurs que ceux des champs, de salut que celui des tranchées…

Quarante jours durant, je m'en voudrai d'avoir cru en les hommes au point de ne rien laisser pour moi.

14.

Retour à Paris.

C'est la nuit.

Emmailloté dans ses nuages, le ciel fait celui qui n'arrive pas à s'en sortir. De cette façon, il justifie son indisponibilité ; inutile de chercher une étoile pour féconder mes insomnies.

Je marche le long de la Seine. Quelques bateaux ruminent leur disgrâce, attachés aux quais comme des bêtes obscures. J'entends un clochard râler après ses morpions, un autre lui recommander de se jeter à la flotte. Une dispute s'ensuit, des grognements, puis on se tait.

J'hésite à hauteur d'un pont ; rive droite, rive gauche, qu'est-ce que ça change à la dérive ?

Je suis crevé.

Je ne comprends pas pourquoi j'ai mal, ne localise pas où le bât me blesse. Est-ce cela l'exil ? Ai-je connu autre chose que l'exil ? À l'école des cadets, dans les bataillons, dans les états-majors, n'avais-je pas été l'*hérétique*, la *bête à part* ? Si je n'avais pas réussi à m'y faire, comment m'en défaire ? Quelque part, je demeurerai cet homme qui ne saura fuir une chose sans en lever une nuée pour la voir tournoyer autour de lui telle une colonie de chauves-souris effarouchées. J'ai le sentiment de lâcher une prise pour m'accrocher à son illusion, semblable à un naufragé du désert renonçant à une oasis providentielle pour les eaux assassines du mirage. Je ne suis pas en colère ; je suis fatigué, fatigué de devoir convaincre encore et encore, prouver l'amour que j'ai pour les hommes à des gens qui s'en préservent, contraindre ceux qui sont tentés de me cautionner de prendre des risques aussi inutiles que ceux qui m'ont accouché dans l'écriture.

Que m'arrive-t-il ?

Pourquoi suis-je obligé de traîner mes textes en dehors de mes livres, de montrer patte blanche alors qu'elle est maculée d'encre ?...

— T'as une clope ? m'interrompt une ombre répandue sur un tas de chiffons.

Je lui tends une cigarette. Elle me l'arrache des doigts, lui fraie une brèche dans sa barbe luxuriante pour la visser au coin de sa bouche et feint de se fouiller à la recherche d'allumettes. Je lui propose mon briquet. Elle se penche dessus, en reculant, la flamme l'éclaire ; c'est Zarathoustra.

Ses yeux brillent dans sa crinière de fauve.

Il remue lourdement sur son trône de fortune, se case contre le muret et renverse la tête en arrière en me soufflant la fumée sur le visage.

— On s'est pas déjà vus ? s'enquiert-il.

— Peut-être.

— Ça y est, ça me revient. T'es le type qui m'a empêché d'en finir avec cet enfoiré de Freddy.

Du bras, il balaie un monceau d'ordures pour dégager autour de lui.

— Le gars qui veut devenir un écrivain, pas vrai ?

— Oui.

— On ne parle que de toi, ces derniers temps. À croire que c'est toi qui as découvert le fil à couper le beurre.

— Pardon ?

— Tu soulèves un déluge à partir d'un ruisseau. C'est comme si c'était l'événement du siècle. À mon avis, tu en fais trop. T'as écrit, publié, vendu, je vois pas ce qu'il y a de délirant. Les crétins de ton acabit, on les élève dans des enclos. C'est quoi au juste, ton problème ? On ne t'écoute pas assez, on ne reconnaît pas suffisamment ton talent ? Parce que ça n'a pas été facile, pour toi, d'écrire, tu estimes que tu mérites plus d'égards que les autres ? On est tombé bien bas, putain. On bricole un bouquin et on se croit paré pour lancer une religion.

— Pas à ce point, tout de même. Je connais mes limites.

— Et elles s'arrêtent où, tes limites ? Depuis que tu as débarqué en France, tu n'arrêtes pas de nous les ébranler avec ton martyre. Mais d'où c'que tu sors, bonhomme ? T'es au troisième millénaire. La haute bohème, c'est fini. Sartre, Dante, Malraux, Goethe, ça fait un bail qu'on se rappelle plus de quelle marque de bagnole c'est. Sabre-toi la queue et tâche de ne pas te prendre les pattes dans ton tricot. Les idoles, aujourd'hui, arborent un début de barbe horrible, se sapent débraillé et rotent comme des cochons sur les plateaux de télé. La mode n'est plus à la correction, encore moins à la cuistrerie. Pour être adoré, une formule bien banale : être un sacré veinard, avec une réflexion approximative, sinon carrément vache, et une gueule bien faite pour sauver la mise. Faut surtout pas causer talent. Ce serait une atteinte à ces néodivinités qui ont investi l'Olympe en prouvant, tous les jours que le Bon Dieu défait, que le génie a changé de résidence, qu'il est dans la poche et plus dans la tronche.

— Chacun pense ce qu'il veut.

Il a un tel sursaut que sa tête heurte le muret. Il pose sur moi un regard dément.

— Tu trouves que le monde peut encore se reprendre en main.

— Pas toi ?

— Parce que tu penses que la dérive ne procure pas autant de vertige que l'élévation ? Putain de pensée unique, de langue de bois ! Faut être con à lier pour ne pas rendre le tablier. Retourne dans ton trou, Kaspar Hauser. Les temps ont changé. Aujourd'hui, le livre, on s'en torche, et plus personne ne crie au sacrilège ; Mozart s'écrase devant la techno et Rembrandt s'entremêle les pinceaux devant ces peintres en bâtiment qui, en renversant par mégarde leurs seaux sur des toiles, atteignent le nirvana.

D'une chiquenaude, il envoie valdinguer la cigarette par-dessus le pont, se lève, s'époussette bruyamment, porte ses mains à ses hanches et fait craquer les vertèbres de sa nuque. Son haleine nauséabonde me submerge. Brusquement, son bras se décomprime, m'attrape par le cou et me bouscule.

— Tu veux casser la baraque, écrivaillon de mes deux. Rien de plus facile. Viens, je vais te montrer.

Nous traversons la chaussée au feu rouge et marchons sur une rue plongée dans l'obscurité. Les doigts de Zarathoustra me broient. Il est si fort que mes pieds pédalent dans le vide.

Arrivé devant une maison, il me colle la figure contre une fenêtre et déblatère :

— Écoute ces cris, bonhomme ; ce sont les cris d'une gamine que son géniteur est en train de violer. Un best-seller en perspective… Viens, viens, t'as encore pas vu grand-chose. Ce troupeau de dactylographes qui attend sagement sur la terrasse des cafés, hurle-t-il en désignant des écrivains publics assoupis derrière des machines à écrire, on les appelle les « nègres ». Tous attendent qu'une star du show-biz vienne leur raconter ses frasques et ses niaiseries. Succès garanti… Ce n'est plus le génie, c'est la notoriété qui fait vendre. T'es tenté, vas-y. Sujets de prédilection : inceste, ragots, parricide, apologie de la haine, révélations bidons, pornographie… Y a pas d'autres recettes, mon gars. Et y a pas trente-six solutions. Alors, pour l'amour du Ciel, ne nous fais pas chier avec ton platonisme littéraire. C'est grotesque, insipide et triste à mourir. Tu veux faire l'intéressant, montre tes fesses ; tu veux

intéresser, écarte-les. Le monde ne réfléchit plus ;
il se reflète. Il se voit partout où le regard hallucine. Devenu une immense foire orgiaque, il s'exhibe, se trémousse sur son nombril, ronronne sous les caresses sulfureuses et se repositionne par rapport à son cul, sa bite, sa chatte, ses excitations débridées, excrémentielles, partouziaques, autodestructrices et fondamentalement dévalorisantes. Son érudition n'est plus qu'une masturbatoire disqualification de la pensée au profit de la *loftisation* forcenée des sens. Ce n'est plus l'esprit qui veille ; c'est la chair qui se réveille, revancharde et excessive, prête à se crucifier sur la place au nom de la provocation absolue, de la domestication du scandale et de l'abolition de la Morale, cette vieille salope de sorcière qui faisait du coït une pratique honteuse et de la sodomie une hérésie. Le monde est sénile ; il accuse là un vertigineux retour d'âge ; l'âge de pierre et de l'animalité. Seule révolution, la morbidité du désir et la tyrannie de l'imposer aux autres comme unique et indiscutable vérité. Le nihilisme en est relégué à une élémentaire occultation de repères puisque le sexe balise désormais la recherche névrotique de soi en éliminant Dieu, le Diable et les valeurs qui ne se mesurent pas en fonction de la taille du phallus, la profondeur des pénétrations et le totalitarisme du fantasme.

Il me catapulte sur le trottoir, les narines fumantes, laminé par sa diatribe, pose un bras contre un panneau, se plie en deux en haletant comme un buffle au bout d'une course éperdue et, d'un coup, se met à vomir dans un râle incongru.

Je le considère avec pitié et lui dis :

— Ce n'est pas Nietzsche qui te fait de l'ombre, Zarathoustra ; c'est toi qui es devenu l'ombre de toi-même.

— Et puis merde, grogne-t-il. De quoi je me mêle ?

Il passe son poignet sur sa bouche ruisselante, se redresse et, pachyderme vieillissant, il s'éloigne vers la Seine bigarrée de lumières instables.

— Zarathoustra, lui lancé-je. Sais-tu pourquoi les phénix renaissent de leurs cendres ? C'est parce que chacune de leurs plumes s'est désaltérée dans un encrier.

Il hausse les épaules, manque de se faire renverser par une voiture au beau milieu de la chaussée ; sourd aux klaxons et aux jurons, il s'en va rejoindre son royaume en chiffon.

15.

— Désolé pour la tournure que prennent les choses, me souffle le commandant Moulessehoul dans le creux de la nuque.

Il est debout à côté de moi. Surgi je ne sais d'où. Ensemble nous regardons Zarathoustra en train de se diluer dans la nuit.

Les klaxons s'apaisent ; les voitures reprennent leurs slaloms à travers l'avenue. Des noctambules se manifestent çà et là avant de s'estomper tels des feux follets.

Dans le ciel matelassé, les collisions s'enclenchent dans un fracas assourdissant. Des fissures purpurines se ramifient rapidement à travers les ténèbres, laissant entrevoir une aile de l'enfer. Le commandant Moulessehoul tend la main pour accueillir la première goutte de pluie. Au bout d'une minute, ne voyant rien venir, il me contourne et me fait face.

Moche comme son embarras, il a maigri et semble avoir rapetissé de dix centimètres.

— Je m'en veux terriblement, avoue-t-il.

— Tu n'es pas le seul.

Il se prend le menton entre deux doigts, contemple la pointe de ses souliers. Sa gêne m'irrite. Il se racle la gorge et hasarde :

— Yasmina…

Je le freine d'une main péremptoire.

Il hoche la tête. Ses yeux préfèrent tourner autour des miens sans les affronter.

— Qu'est-ce que tu veux, *hadarath* ?

— J'aimerais bien le savoir.

— Tu me files depuis tout à l'heure juste parce que tu ignores ce qu'il te reste à faire ?

— C'est à peu près ça.

— Ce n'est pas sorcier : disparais !

— Pardon ?

— Y a pas de quoi…

À mon tour, je lui fais face. Son faciès fripé ne résiste pas à l'assaut, se dépêche de se détourner. Je le rattrape, l'accule :

— Tu veux être bon à quelque chose, à l'instar du malheur, commandant Mohammed Moulessehoul ? Ramasse tes saloperies de soupirs et fiche le camp. Va au diable, va voir ailleurs si j'y suis, mais *va*. Au nom de tes ancêtres, va-t'en, sors de mon esprit, de mon ombre, de ma vie. Ouste ! De l'air que je voie clair. Je n'en peux plus de t'avoir et sur le dos et dans les pattes.

Le commandant est secoué. En bon encaisseur, il ne le montre pas.

— Je suppose que je dois mettre la note sur le compte de tes déprimes, dit-il.

— C'est ton problème.

Il redresse la nuque. Son regard brasille de chagrin et de fureur. Longtemps, ses mâchoires roulent dans un grognement intérieur, puis, les épaules retroussées jusqu'au cou, il pivote sur ses talons, s'arrête au bout de quelques pas et revient, le doigt sentencieux.

— Plusieurs fois je me suis demandé s'il y avait une différence entre un despote et toi, Yasmina. J'ai beau chercher, je n'en vois aucune. Pourtant, il y en a une, et de taille : le despote assume, *lui*.

— Fiche le camp.

— Si tu veux mon avis, les déboires te vont comme des chaussettes. Tu cries sur les toits que tu n'as pas de chance. En vérité, tu ne saurais quoi faire, des chances. Elles ne te réussissent pas. D'un autre côté, tu raffoles des impondérables ; tu ne peux pas t'en passer puisque tu adores t'auto-flageller. Tu n'apprécies une médaille que pour te lamenter aussitôt sur son revers. Tu me rappelles ces prédateurs qui ne savent pas se délecter sans geindre. Dis-moi, est-ce la chair de leur proie qui est délicieuse ou bien le fait de mordre dedans ?

Il avance sur moi ; son nez frôle le mien, nos haleines s'empoignent. Je tente de le repousser ; il résiste, approche sa figure de la mienne à la traverser.

— Lorsque, enfant, j'ai accepté mon destin, tu m'as traité de chiffe molle et tu as décidé de réinventer le monde. J'ai dit pourquoi pas. Après tout, qu'avais-je à perdre d'autre, moi qui avais perdu mon saint patron ? Ta pugnacité avait au moins le mérite de me flatter. Je me suis prêté à ton jeu sans réserve. À l'école des cadets, alors que mes camarades se taisaient dans les rangs, tu faisais le pitre, et c'est moi qui écopais. À l'académie, pendant que les élèves officiers s'appliquaient à apprendre par cœur le règlement des armées, tu faisais de l'esprit, et c'est moi qui écopais. Au bataillon, alors que j'étais parti pour une carrière exceptionnelle, tu jouais au contestataire, et c'est encore moi qui écopais. Quand tu as sorti ton premier bouquin, tu te sentais pousser des ailes pendant qu'on me traînait dans la boue. À cause de toi, j'ai essuyé les mutations hors saison, les hostilités, la méfiance et – dès que j'avais le dos tourné – les sarcasmes. Pas une fois, je ne t'ai tenu pour responsable. À cause de toi, malgré mes compétences évidentes et mon intégrité, j'ai été ajourné, traité en suspect et atteint dans ma dignité d'officier. Pas une fois, je ne t'ai arraché ton foutu bouquin pour te le balancer à la figure. J'étais révolté, mais je n'en faisais pas un plat. C'était ainsi, il me fallait m'en accommoder. En 1989, lorsque contre toute attente tu avais décidé de te retrancher derrière un pseudonyme, je voyais bien que c'était de la folie ; je n'ai pas cherché à t'en dissuader. Tu avais un rêve, le seul, je ne voulais pas jouer au rabat-joie. J'en ai eu pour mon grade ; tu trouvais que ça valait la peine, je n'ai pas insisté. En 1994, quand tu as écrit *Morituri*, tu étais parfaitement conscient des risques que tu nous faisais courir, et ça ne t'a pas préoccupé une seconde. Tu n'as même pas jugé nécessaire de me consulter. Finalement, lorsque tu as décidé de mettre fin à *ma* carrière d'officier, là non plus tu n'as pas hésité. J'ai dit, après tout, pourquoi pas… Et aujourd'hui, parce que le hasard a voulu que tu te dévoiles au moment le moins approprié, c'est encore moi qui dois écoper. Trop injuste et trop facile. Où est-ce qu'elle est, ta part de responsabilité à toi ? Tout ce que j'ai sacrifié au nom de tes sacro-saintes élucubrations – c'est-à-dire *toute* ma vie – n'a pas suffi à m'élever dans ton estime… Quel genre de monstre es-tu, Yasmina Khadra ? Je te savais fou de ton rêve de mioche, mais j'ignorais que tu étais aussi égoïste et ingrat, machiavélique à ce point. Tu es pire qu'un monstre, tu es l'horreur dans sa laideur absolue. Jusqu'où serais-tu capable d'aller pour mettre ton nom sur un bouquin ? Jusqu'à marcher sur le corps de ta mère ?

Mon poing s'écrase sur sa figure. Avec une rage telle que j'ai perçu l'onde de choc exploser dans mon crâne.

Le commandant a juste un soubresaut. Il reste debout, à peine surpris par mon agressivité. Sa main tergiverse avant de palper ses lèvres éclatées. Il ramène ses doigts ensanglantés sous ses yeux, me les présente.

— Je parie que tu crèves d'envie de tremper ta plume dans mon sang pour écrire une page supplémentaire à ta gloire, Yasmina Khadra.

— Fiche le camp.

— Tu parles ! Maintenant que j'ai compris que tu n'es qu'un scribouillard illuminé, que tu n'as pas plus de pudeur qu'un cul de porc et que rien ne compte à tes yeux hormis tes manuscrits, je suis soulagé de m'en aller. Je m'en veux seulement d'avoir partagé mon existence entière avec une ordure sans m'en rendre compte avant cette nuit.

De nouveau, mon poing part. Le commandant le saisit au vol, me tord le poignet. Une douleur intenable se propage à travers mon épaule, se déverse sur mes mollets et m'oblige à m'agenouiller.

Le commandant profite de mon fléchissement pour accentuer son étreinte, les prunelles chauffées à blanc.

— Ne t'amuse plus à porter ta sale patte sur moi, fumier.

Il me relâche dédaigneusement, rajuste son manteau et s'éloigne.

— C'est ça, fous le camp, lui crié-je. Je ne veux plus te revoir.

— À qui le dis-tu ? Rejoins tes fantasmes et restes-y. Tu courtisais la gloire, elle t'ouvre ses bras. Mets-y le paquet, montre-lui l'étendue de tes frustrations. Tu voulais conquérir le monde avec une machine à écrire et une rame de papier ? Tu disposes de plus que ça. Mais rappelle-toi ceci, Yasmina. Quelles que soient la générosité de tes éditeurs et les clameurs de tes fans, partout où portera ta muse, tu ne seras qu'un gamin de neuf ans que son père a chassé de la maison et que l'amour de tous les hommes n'en saurait consoler. Tôt ou tard, il faudra bien que tu t'arrêtes pour souffler. Ce jour-là, tu apprendras, à tes dépens, que nulle part tu ne seras l'enfant que tu aurais aimé être. S'il y est question de malédiction, dis-toi qu'elle ne te poursuit pas ; elle est *en* toi.

16.

Outrés par les opacités chaotiques régnant dans les hautes sphères, les éclairs s'illusionnent de briser l'omerta des dieux. Ils fulminent dans un ballet de manœuvres de diversion. Leur zèle tentaculaire fait sortir le tonnerre de ses gonds. Des roulements gargantuesques étalent alors l'envergure de leur indignation par-dessus la ville, ébranlant les immeubles jusque dans leurs fondations. Devant l'ampleur des sommations, un apaisement précaire s'ensuit, le temps d'une petite pause puis, de nouveau, çà et là, les bigarrures aveuglantes reprennent leur simulacre de protestation, aussi tape-à-l'œil que des slogans à blanc, prenant de plus en plus goût à se couvrir de ridicule.

Je rebrousse chemin.

Il est minuit passé. Zarathoustra n'est plus là ; ses chiffons ont disparu. Je marche le long de la rive. D'autres ponts me présentent leur perche. Leur obligeance ne m'atteint pas ; je veux rejoindre mon hôtel et je ne retrouve pas la rue de Beaune. Les mollets flageolants, la gorge en feu, je reviens sur mes pas, tourne en rond en pestant.

Après une éternité d'égarement, je tombe par hasard sur un repère.

Ma chambre est glaciale. J'avais oublié de fermer la fenêtre. Je me déshabille et me jette sous la douche. L'eau est brûlante. La vapeur noie rapidement la salle de bains. J'ai envie de m'y perdre pour de bon.

À tâtons, je me laisse choir sur le lit. Les draps évoquent des orties. Mes oreillers ont des choses à me raconter ; je refuse de les écouter.

La blondeur de l'abat-jour me rappelle Aude Lancelin, du *Nouvel Observateur*. Mon récit l'a laissée sur sa faim. Lors de notre entretien, elle retournait chacun de mes propos pour voir ce qu'il y avait derrière. Cela me gênait. Afin de la rassurer, je lui confiai que j'étais un primitif, que j'ignorais où s'arrêtait la sincérité et commençait la correction. Elle opina du chef. Me consacra trois pages. Sa main avait-elle tremblé ? Son papier le cachait bien. Enthousiaste d'un bout à l'autre. Le regrette-t-elle aujourd'hui ? Se sent-elle abusée, flouée ?... Et Najett Maatougui ? Je la revois encore frémissante d'émotion, heureuse de s'attabler avec l'écrivain qui lui « a donné le goût de l'écriture ». Cinq pages dans *Salama*. Que garde-t-elle de cette soirée où elle m'a emmené au théâtre voir *Le Diable et le Bon Dieu* de Sartre ? Monika Bergman, journaliste allemande, partageait notre loge. Entouré de ces deux superbes créatures, l'une brune tant l'autre était blonde, Jacques Brel n'aurait pas tenu mieux que moi le monde. Et François Taillandier, du

Figaro ; Jorgen V. Larsen, de *Politiken* ; Christopher Dickey, de *Newsweek* ; Chaker Nouri, d'*El Qods Al-Arabi* ; Gad Lerner de la *Rai Due* ; Daniel Cohn-Bendit qui, au risque de malmener son aura, n'avait pas hésité à défendre mon livre devant des millions de téléspectateurs ; toutes ces personnalités intellectuelles et politiques qui m'avaient cautionné sans me connaître... Et les autres – ceux qui avaient salué *L'Écrivain* comme ceux qui l'avaient moins apprécié – que pensent-ils de l'homme, de surcroît soldat, en ces temps d'époustouflantes polémiques ?

Je repousse les couvertures, extirpe des feuilles blanches de mon sac. Pour ceux-là, à une heure impossible, je me mets à rédiger la lettre de démission du commandant Moulessehoul :

Je me rétracte ?... Aucunement. Je n'ai pas failli à mes engagements, ni changé d'un iota dans mes déclarations. J'ai régulièrement rendu hommage à l'armée à travers les différentes interviews que j'ai accordées à la presse occidentale, arabe et algérienne. À l'heure où la question « qui tue qui ? » battait son plein, et au risque de compromettre ma carrière littéraire, j'ai dédié L'Automne des chimères *au soldat et au flic de mon pays ; c'était en avril 1998.*

J'avoue que la guerre crapulo-intégriste qui sévit encore en Algérie n'a pas livré tous ses secrets. Beaucoup d'assassinats, de tueries, d'enlèvements ne sont pas près d'être élucidés. Il

s'agit d'une guerre plurielle, foncièrement poli-
tico-financière, dont les enjeux inavoués vont
continuer d'enchevêtrer toutes les pistes suscep-
tibles de dévoiler les tenants de l'une des plus
effroyables supercheries que le bassin méditerra-
néen ait connues. La confusion qu'entretiennent
des manœuvres subversives à travers les médias
et les témoignages livresques ne fait, en réalité,
que réconforter les véritables coupables jusque-là
au-dessus des soupçons. En ma qualité d'écrivain
et d'officier pleinement engagé dans les arènes
algériennes, j'ai apporté un maximum d'éclairage
à la « Crise », lui consacrant cinq livres sobres et
honnêtes que les observateurs européens et algé-
riens estiment mieux aboutis que la plus labo-
rieuse des analyses.

Aujourd'hui, un autre témoignage impute à
l'armée les massacres collectifs revendiqués
pourtant, à cor et à cri, par les GIA. Que faire ?
Me taire ? Mon silence pourrait être interprété
comme un consentement ou un désaveu. Réagir ?
Mon intervention risquerait de chahuter ma crédi-
bilité d'écrivain libre. Entre deux maux, je choisis
celui qui pèsera probablement sur mes chances de
romancier, mais qui aura l'excuse de ne pas peser
sur ma conscience. Aussi, je déclare solennelle-
ment que, durant huit années de guerre, je n'ai
jamais été témoin, ni de près ni de loin, ou soup-
çonné le moindre massacre de civils susceptible
d'être perpétré par l'armée. Par contre, je
déclare l'ensemble des massacres, dont j'ai été
témoin et sur lesquels j'ai enquêté, portant une

seule et même signature : les **Groupes** inté-gristes armés. *Je rappellerai cependant que les victimes sont des vieillards, des femmes, des enfants et des nourrissons, surpris dans leur misère la plus accablante et assassinés avec une férocité absolue – des bébés ont été embrochés, frits et brûlés vifs ; de telles horreurs ne peuvent être commises que par des mystiques ou des forcenés ; en tout cas par des monstres qui ne pourront jamais plus réintégrer la société et prétendre à la reprise d'une vie normale. Pour atteindre un tel degré de barbarie, il faut impéra-tivement avoir divorcé d'avec Dieu et les hommes. Les soldats, que j'ai connus dans les maquis, gardent encore la Foi.*

Cela dit, il est nécessaire de signaler que l'armée algérienne, conçue dans le moule obses-sionnel d'une menace exclusivement extérieure, a été littéralement déboussolée par l'implosion inté-griste. Non préparée à l'éventualité d'une guerre civile et refusant d'admettre que la patrie puisse être martyrisée par ses propres rejetons, l'institu-tion militaire a mis plusieurs années pour se relever de son choc et faire face, avec un minimum de lucidité, à la déferlante extrémiste. Dans la confusion généralisée, savamment dosée par les véritables commanditaires, notamment entre 1992 et 1994, des erreurs graves et des dérapages ont été constatés. Il s'agissait d'actes isolés (vengeance, incompétence, méprise ou psychose) qui n'impliquent pas l'institution militaire puisque les tribunaux et les asiles ont accueilli un grand nombre de mis en cause.

Que dire de l'attitude de certains intellectuels français devant notre tragédie, sinon mon chagrin et ma déception, moi qui, trente-six années durant, contre vents et marées, n'ai cherché qu'à les rejoindre et m'instruire auprès d'eux ? Que dire de ces alliés naturels dont je rêvais toutes les nuits et qui, avec une insoutenable imprudence, font étalage d'un manque de discernement effarant ? Il est certain que le drame algérien bouleverse et étonne par les opacités tourbillonnantes qui gravitent autour de lui ; mais une situation floue n'exige-t-elle pas un minimum de retenue ? J'ai été soldat, et je n'ai pas quitté les arènes algériennes des yeux une seconde. Mon témoignage n'aurait-il donc pas voix au chapitre ? L'armée algérienne n'est pas un ramassis de barbares et d'assassins. C'est une institution populaire qui essaie de sauver son pays et son âme avec le peu de moyens appropriés dont elle dispose que compensent sa détermination et sa vaillance, et rien d'autre. Présenter le soldat algérien comme un mercenaire sans foi et sans conscience est injuste et inhumain, indigne d'hommes éclairés et supposés défendre la vérité et les valeurs fondamentales au nom de toute l'humanité.

Je reviens des maquis, des villages blessés, des villes traumatisées ; je reviens d'un cauchemar qui m'aura définitivement atteint dans ma chair et dans mon esprit ; je reviens de ces nuits où des familles entières sont exterminées en un tourne-main, où l'enfer du ciel tremble devant celui des hommes, où des repères s'effacent comme des étincelles dans l'obscurité, tant l'horreur est totale et la douleur absolue... Et que suis-je en train d'entendre ? Que le soldat miraculé que je suis est un tueur d'enfants !... Que savez-vous de la guerre, vous qui êtes si bien dans vos tours d'ivoire, et qu'avez-vous fait pour nous qui tous les jours enterrions nos morts et veillions au grain toutes les nuits, convaincus que personne ne viendrait compatir à notre douleur ? Rien... Vous n'avez absolument rien fait. Huit années durant, vous avez assisté à une intenable boucherie en spectateurs éblouis, ne tendant la main que pour cueillir nos cris ou nous repousser dans la tourmente à laquelle nous tentions d'échapper. Que savez-vous de ces cadets tués au combat, de ces milliers de soldats fauchés à la fleur de l'âge dont la majorité n'a jamais embrassé une lèvre aimée ou connu les palpitations d'un amour naissant ? Quels souvenirs gardez-vous de ces visages éteints, de ces corps qui ne bougent plus au pied d'arbres brûlés, de ces bouillies de chair qui indiquent qu'une bombe a explosé à tel ou tel endroit ? Vous n'avez rien vu de notre enfer et vous ne mesurerez jamais l'ampleur de notre chagrin ni l'étendue de notre bravoure. Nous sommes les enfants de notre pays, des guerriers malgré eux, qui se battent à leur corps défendant. Nous ne tuons pas nos pères, ni nos mères, ni nos propres enfants ; mais nous offrons à tout moment *un morceau de notre vie pour préserver un empan de notre terre et de notre dignité. Et rappelez-vous toujours qu'à l'heure où nous nous recueillons sur la tombe de nos chers absents, vous nous chahutez, vous crachez dans nos larmes, bafouez notre deuil et tuez une deuxième fois ces êtres merveilleux qui furent les nôtres, qui n'étaient rien d'autre que des soldats.*

Je reste persuadé que, pareillement au destin, nul ne peut se défaire de la vérité. Le crime ne paie pas. La lumière finira immanquablement par éclairer la beauté ou la laideur de chacun ; et aucun masque, aucun lifting ne saurait sauver la face impure.

En attendant, l'Algérie continue de subir l'affront de ses rejetons. Que ceux qui n'y peuvent rien aient la décence de nous laisser à notre malheur. À l'usure, nous saurons renaître de nos cendres et survivre au pire des cataclysmes : la lâcheté de nos félons et le lâchage de nos « amis ».

— Je ne sortirai plus avec toi, m'apostrophe mon fils Mohammed.

Et il retire sa main de la mienne.

— Pourquoi ?

— Depuis tout à l'heure je te parle et tu ne m'entends pas. Tu as la tête ailleurs, et j'ai l'impression de m'adresser à un mur. Tu me demandes de faire un petit tour avec toi. J'accepte. Je suis même content. Puis tu me tiens la main et tu me traînes derrière toi comme un sac. Quand vas-tu te rendre compte que je suis avec toi, que je te parle et que j'aime bien quand tu m'écoutes ?

La traverse Saint-Joseph est déserte. Le soleil plastronne ; l'air sent la quiétude des jardins. Mohammed me fixe de ses yeux blancs. Il est sur le point de retourner auprès de sa mère. J'essaie de reprendre sa main ; il la replie derrière son dos. Il m'en veut. Depuis que Betty Mialet m'a téléphoné pour m'informer que ma lettre est différemment accueillie au *Monde* et qu'apparemment les avis défavorables quant à sa publication vont avoir le dessus, je flâne dans un état second. Mille fois ma femme proteste de devoir s'y prendre à deux reprises pour attirer mon attention. Ma fille trouve que je ne tiens plus mes promesses, que je fais exprès d'oublier de lui acheter le taille-crayon ou la gomme qui manque dans sa trousse. Je fume trop, jeûne à longueur de journée ; absent à perte de vue.

Je m'agenouille devant mon fils, confus.

— Je te demande pardon.

— Est-ce que tu as des problèmes avec les gens, papa ?

— Pas vraiment.

— Alors, pourquoi tu es comme ça ?

— Je ne sais pas.

— Si tu n'es pas bien dans ce pays, retournons en Algérie. Depuis que tu es venu en France, je ne te reconnais plus. Si tu vois que c'est mal de rester ici, il faut le dire, papa. Moi non plus je ne suis pas bien quand tu n'es pas bien.

Il me laisse glisser mes doigts autour de ses poignets.

— Il ne faut pas croire que je vais mal, mon garçon. Je suis écrivain, et je travaille sur un nouveau projet. Les livres sont contraignants. Je suis obligé de réfléchir à tous les détails, et ça ne signifie pas que je vous néglige.

— Je t'ai vu écrire tes précédents livres. Tu n'étais pas comme ça.

— Ce dernier est un peu spécial.

— Et tu vas le finir quand ?

— Bientôt.

— Et on pourra aller voir la mer à Marseille, après ?

— Nous irons à Marseille dès demain.

— Chouette alors ! s'exclame-t-il en me sautant au cou.

L'incident est clos.

Pour combien de temps ?

À Marseille, assis à une terrasse face au Vieux Port, pendant que mes enfants dégustent leurs sorbets, ma femme n'a pas cessé de me toiser en silence, me reprochant cette ombre indécrottable qui obscurcit mon regard.

Les jours trépassent, emportant avec eux les hardes de ma patience. *Le Monde* hésite.

Un petit signe me parvient de Belgique, histoire de me soustraire aux serres de l'attente. Dolores Oscari, de la RTBF, me convie à son émission « Si j'ose écrire », la bien nommée. L'accueil est chaleureux, et Dolores délicieuse, mais pas moyen d'égayer la grisaille sur ma figure. Renfrogné, je ne serai pas à la hauteur de la cordialité de mes hôtes. J'ai conscience de mon inconvenance, en abuse un tantinet. Une grosse lassitude me rattrape sur le plateau que je partage avec Malika Madi, auteur d'un premier roman remarqué, et l'excellent Anouar Benmalek que je rencontre pour la première fois. Le débat est sympathique. L'humilité de Malika et la lucidité d'Anouar n'atténueront pas mes susceptibilités. J'ai le sentiment qu'en parlant de mon livre j'actionne la culasse de ma mitraillette. À la fin de l'émission, je ne réussis pas à saisir le regard de Dolores. Voici le véhicule de service qui nous reconduit, Anouar et moi, à la gare. Je m'aperçois que je n'ai pas eu le temps de regarder de près ce plat pays que me chantait Brel autrefois tandis que, bidasse largué nuitamment au cœur d'une forêt « ennemie », je confiais ma marche topographique aux bons soins de ma boussole. Le retour à Paris s'annonce orageux. Heureusement, Anouar ne se laisse pas gagner par ma déprime. Il me parle, m'explique, m'apaise. C'est un garçon pudique, d'une grande générosité ; un écrivain de talent. Sa voix tempérée et sa sérénité me berceront jusque dans un café de la gare du Nord que nous quitterons tardivement.

La mauvaise humeur en bandoulière, je retrouve la Provence et l'angoisse de ma femme : le Parlement international des écrivains, qui s'était engagé à nous prendre en charge, ma petite famille et moi, nous lâche !

Il existe, à Aix, un bref cours d'histoire qu'on appelle Mirabeau ; un boulevard manqué qui part pompeusement de la Rotonde avant de se tordre le cou sur le perron de la vieille ville. C'est là que je vais abîmer mes semelles à force de tourner en rond dans ma tête. Émile Zola l'empruntait, lui aussi, pour rejoindre le café des Deux-Garçons, les mains derrière le dos, content de prendre ses distances vis-à-vis de ses personnages. Le peintre Cézanne, lui, venait par ici dénicher la touche qui boudait son pinceau. De nos jours, lorsque le soleil se fout à poil, tout Aix glisse sa pudibonderie sous le paillasson et converge vers l'esplanade pour investir les terrasses. En ce qui me concerne, c'est comme si j'évoluais dans un monde de brume. Je crois que je ne suis pas loin de plonger.

Une nuit, grand-père écarte la tenture de mon sommeil. Il est emmitouflé dans une robe opalescente, les cils soulignés au khôl et la barbe nuageuse. Son visage de seigneur irradie d'un éclat séraphique.

Il se penche sur moi ; sa main, effleurant mon front, en absorbe les migraines. C'est magique.

Je n'ai pas connu grand-père. Il est mort quand j'avais moins de trois ans. Je n'ai gardé de lui qu'une vision diaprée, aussi fugace qu'éblouissante. Il fut un grand poète. La légende tribale raconte que la verve de sa prose était si intense qu'elle aurait, une fois, éteint une bougie.

— Mon enfant, me dit-il, sais-tu quel a été l'ultime souvenir que j'ai emporté avec moi en refermant les yeux pour toujours ? Ni celui de mes victoires ni celui de mes défaites, ni celui de mes festins ni celui de mes disettes… Alors que je rendais l'âme, la tête sur la cuisse de ton père, j'ai vu un petit bout d'homme en train de jouer dans le patio. Il était haut comme un carafon, fesses et pieds nus, et ne portait, pour toute parure, qu'un vieux tricot de peau usé… Et juste avant que je ne m'éteigne, tu t'es retourné et tu m'as souri. J'ai rejoint Moulana, transporté par ton sourire. Il était ce que j'avais vu de plus beau de toute ma vie. Si je suis bien là où je suis, c'est peut-être grâce à lui. Dépêche-toi de le retrouver, mon fils, et ne le laisse jamais plus te fausser compagnie.

À mon réveil, j'ai les joues inondées.

L'après-midi, Betty Mialet m'appelle : *Le Monde* m'accorde le bénéfice du doute ; ma lettre est publiée.

Le lendemain matin, première réaction : la secrétaire de M. Jean Daniel me joint au téléphone. Elle me demande si j'accepte *toujours* de participer à la journée que compte consacrer l'association culturelle Coup de soleil à « Jean Daniel, l'Algérie, le Maghreb et la Méditerranée », le 17 mars, à l'Institut d'études politiques de Paris. « Bien sûr, lui réponds-je. J'ai, pour cet homme, un grand respect, et ce n'est pas parce qu'il ne partage pas mon avis que je vais le boycotter. » C'est aussi le même message que me lance le patron du *Nouvel Observateur*. Je suis soulagé. La probité intellectuelle prend le pas sur la controverse. Sainte lumière ! on peut très bien être contre les idées d'un homme sans être forcément contre sa personne. Si telle est la base des conflits qui m'opposent accidentellement aux autres, je n'ai plus de soucis. Ma lettre n'est pas une déclaration d'hostilité. J'y ai dit ce que j'avais à dire. Sans animosité. Chacun est libre de la prendre comme il convient à son bon sens. J'ai lu énormément de livres sur la guerre, en particulier les récits. L'expérience m'amène à reconnaître que ce qu'on y rapporte est vérité. Si certains événements sont déformés, déplacés, travestis, corsés ou réfutés, ils ne perdent pas grand-chose au change. En général, on ne raconte que la guerre qu'on a faite. Le tortionnaire parle des supplices qu'il a infligés à ses victimes, le salaud des exactions qu'il a commises – les attribuer à ses chefs ou les partager avec eux ne minimise en rien son ignominie –, le déserteur trouve de la légitimité à sa défection, le brave s'incline devant le sacrifice de ceux qui ont combattu à ses côtés. Quant à la guerre, elle reste la guerre ; une grave monstruosité, égale à elle-même, injuste et impardonnable à l'image de ceux qui l'ont provoquée.

17.

Le Salon du livre de Paris me donne l'occasion de retourner à Paris.

Chez Julliard, Bernard Barrault a retrouvé ses couleurs. Sa poignée de main est appuyée. Le quiproquo s'est dissipé. Betty Mialet n'est pas dans son bureau. C'est Marie-Laure qui me prend en charge. Elle, elle n'a jamais douté. Elle écarte les bras pour m'accueillir. Je saute dedans comme un enfant. Plus tard, Sylvie Bardeau nous rejoint. Ensemble, nous partons pour l'Institut du monde arabe où je suis convié à un café littéraire. C'est ma toute première rencontre avec mes lecteurs. Je n'ai pas le trac, mais n'en suis pas loin.

Le taxi nous dépose devant l'immeuble futuriste de l'IMA. Je constate que l'argent, quand il veut bien se donner la peine, sait se découvrir un visage humain. Le voir se dépenser sans décompter pour promouvoir la culture et les arts est un régal. On a presque envie de lui pardonner les tentations sulfureuses qui orbitent autour de ses coffres-forts.

Le docteur Badredine Arodaki est un beau prince. De toute évidence, mes livres ont trouvé, en son cœur, un coin douillet. Sa prévenance est intarissable.

La salle de la rencontre affiche complet. Il n'y a plus de sièges vacants. Les retardataires sont obligés de m'écouter debout. Après une brève présentation, le docteur Arodaki ouvre le débat. Animateur attentionné et protecteur, ses questions sont affables, d'ordre strictement littéraire. L'assistance m'adopte sans condition. Les intervenants sont là pour l'écrivain. Au diable la polémique ! Je ne connais personne dans la salle, mais certains noms me sont familiers, comme celui de Djillali Bencheikh, une belle plume. Les questions sont bienveillantes, les critiques positives. Hormis un compatriote qui, sans agressivité ni mauvaise intention, se plaint de ne pas comprendre pourquoi l'arabisant que je suis a opté pour le français comme langue d'écriture. Ma réponse est simple. Entre la langue française et moi, il y a une histoire de commodité ; elle sied à mes états d'âme. Dans ce choix, ni abjuration ni projet de naturalisation. Je suis algérien, musulman, et la France a suffisamment d'enfants prodiges pour convoiter les brebis égarées des autres. L'ambiance est saine d'un bout à l'autre. Des rires fusent dans la salle ; j'ai même droit à des applaudissements. Je suis parmi les miens.

Après le débat et une séance de signatures, on vient me serrer la main, parfois m'embrasser. Personne ne parle de ma tribune, même s'ils sont nombreux à prendre la défense de l'armée sans pour autant renoncer à la dénonciation des agissements de certains officiers impliqués dans l'affairisme.

Nous nous quittons satisfaits les uns des autres.

Cette soirée-là restera l'un des meilleurs moments de mon séjour hexagonal.

Le docteur Arodaki me propose d'aller dîner dans un restaurant marocain, non loin de l'Institut. Deux messieurs français nous accompagnent, Philippe Cardinal, de l'IMA, et Pierre Thenard, chargé par M. Charles Josselin, ministre de la Francophonie et de la Coopération, de me faire part de son désir de m'accueillir à sa table pour un déjeuner amical. L'invitation m'honore, mais je ne me sens pas prêt pour rencontrer des gens de cette stature. D'un autre côté, l'ouverture du Salon du livre est pour le lendemain. Ce sera aussi mon tout premier salon, en tant qu'auteur et visiteur, et j'ignore si je vais en sortir indemne. Toutefois, je lui promets de le rappeler dès que j'aurai pris une décision. Le dîner est à base de couscous. La discussion, mine de rien, tourne au vinaigre ; mes hôtes remettent la polémique sur la table et, d'un coup, je perds de vue mon couvert. Le docteur Arodaki doit engager l'ensemble de sa diplomatie pour adoucir les mœurs des uns et l'humeur de l'autre.

Au Salon du livre, c'est la fête. Les stands sont pris d'assaut. Mon intrusion m'isole. Je cherche un visage connu, ne vois que des célébrités derrière des écrans. Je me dépêche de me réfugier chez Robert Laffont. Betty Mialet est là ; sa fraîcheur me rassérène. Elle est belle comme tout, ce qui est bon signe. Bernard sirote un verre, le sourire confiant. Quelques auteurs de Julliard bavardent çà et là ; je crève d'envie de les rejoindre, mais mes éditeurs oublient de nous présenter. Bientôt, Antoine Audouard vient me tenir compagnie. Il veille sur moi depuis mon crash sur le sol français. Déjà, quand j'étais encore dans les rangs, en Algérie, il savait exactement à quel moment me donner ce coup de fil pour me ressourcer. Ses appels, rares, me trouvaient inévitablement au bord de la dépression. Lorsqu'il raccrochait, je me ressaisissais tout de suite. Un authentique ange gardien. Puis, d'un seul élan, les Algériens débarquent. Universitaires, journalistes, libraires, lecteurs, simples visiteurs ; tous me cherchent dans la cohue savante et me foncent dessus. Un bonheur ! On me photographie, on pose à mes côtés, on me sollicite pour des dédicaces. Quelques-unes de mes idoles se sont déplacées pour me dire combien elles sont fières de moi. Parmi elles, Slim, notre Hergé à nous, que je considère, personnellement, comme l'un des plus clairvoyants intellectuels algériens ; celui qui, grâce à son personnage mythique Bouzid, nous mettait déjà en garde, dans les années 70, contre les méfaits des slogans et nos propres vanités. Au détour d'un stand, je tombe sur Anouar Benmalek assiégé par ses admiratrices. Il me présente Régine Deforges que je connaissais à travers ses livres et le bien qu'elle disait des miens. L'entretien est bref. Nous aurons l'occasion de nous revoir et de parler à tête reposée lors de la Fête du livre à Moulins. Je poursuis ma randonnée dans l'espoir de croiser un écrivain du bled ou un ami. Je suis épuisé, mais l'ambiance est si nouvelle et prenante que je refuse d'abdiquer. Tard dans la soirée, le cinéaste Jean-Pierre Lledo passe me prendre. Nous continuerons l'événement chez lui où sa femme et sa cousine nous attendent autour d'un fabuleux couscous.

Le lendemain, à l'issue de ma séance de signatures, Jean-Pierre m'accompagne au 27, rue Saint-Guillaume, dans le septième. La rencontre, qu'organise l'association Coup de soleil en hommage à M. Jean Daniel, a commencé. J'identifie, sur le plateau de l'amphithéâtre Émile-Boutmy, des personnalités importantes du monde politique et intellectuel tels Lakhdar Brahimi, Jean Lacouture, Jean-Pierre Millecam, Mohamed Harbi, Hamid Barrada et d'autres sommités, comme l'ambassadeur d'Israël, que je ne connaissais pas. Georges Morin m'invite à les rejoindre sur l'estrade. Les intervenants sont de grands compagnons de combat de Jean Daniel. Les hommages qu'ils lui rendent sont sincères. Je me sens un peu dépaysé au milieu de ces vétérans des relations humaines, dont les histoires s'entre-croisent à des carrefours du destin et dont les amitiés semblent très loin des simples camaraderies puisqu'elles portent en elles des moments intenses, faits de douleur et d'espérance, tandis que je ne garde de Jean Daniel que le souvenir de quelqu'un qui s'est empressé de me dire, alors que j'ignorais où je mettais les pieds en France, que je pouvais le considérer comme un ami et que sa porte m'était ouverte de jour comme de nuit. Mon intervention est laconique, faute d'arguments, mais suffisante pour assurer Jean Daniel de ma gratitude. Un autre invité prend la parole juste après moi. C'est un petit bonhomme doux, aux cheveux grisonnants et aux yeux prisonniers de verres épais. Sa manière de se pencher sur le micro est touchante de modestie. Il a pour moi des sourires affectueux. Je n'apprendrai son nom qu'à la fin de son allocution. C'est Boualem Sansal, l'auteur du fantastique *Serment des barbares*. Nous sommes tous les deux tellement contents de nous « retrouver » qu'en quittant le plateau nous nous rentrons dedans comme deux vieux complices qui se sont perdus de vue depuis des années. Autour de nous, les gens n'arrivent pas à croire qu'avant cette minute, nous ne nous connaissions guère. D'autres Algériens nous arrachent à nos hôtes et nous bousculent *manu militari* au fond d'un café où Hamid Barrada se pousse pour nous faire de la place à côté du professeur Omar Obeïda et du journaliste Mouloud Mimoun d'*El Watan*. Notre chahut réinstalle Bab el-Oued en plein cœur de Paris. Je languissais après cette chaleur et cette spontanéité tout algérienne, qui vous retapent un homme même perdu au large de la Sibérie.

Le soir, André Bonnet et des membres de son jury viennent me chercher à mon hôtel pour me conduire dans un restaurant libanais. Ils sont sous le charme de mon récit. Là encore, nous nous empiffrons de couscous et de spécialités orientales. Inoubliable.

Le lendemain, je pars rendre visite à ma sœur, à Yerres. Mes neveux me montrent les journaux qui parlent de moi. Ils les collectionnent, comblés. Le soir, à mon hôtel, le cinéaste et journaliste Ali Ghanem nous réunit, Boualem Sansal, le jeune prodige Salim Bachi et moi, autour d'une interview-fleuve destinée au *Quotidien d'Oran*. Après le départ du journaliste, Boualem, en digne chef de famille, nous offre un souper. Nous parlerons de littérature tout en nous félicitant de l'accueil que rencontre au bled le livre algérien, publié en France, tant au niveau de la presse qu'auprès du lectorat.

La veille de mon retour à Aix, je trouve trois hommes au bar de l'hôtel. Hormis le cinéaste Ahmed Rachedi, dont les photos ornent souvent les magazines de cinéma et les journaux, les autres me sont inconnus. Pourtant, ce sont des célébrités au pays, le commandant Azzedine et Tayeb Belghiche, cofondateur d'*El Watan*. Comme je ne m'attendais pas à leur visite, ils commencent d'abord par me demander si je ne suis pas pris. Au bout de quelques minutes, tout rentre dans l'ordre. Une demi-heure plus tard, je suis littéralement conquis par leur amitié. Ahmed Rachedi nous suggère de surprendre Mohammed Lakhdar-Hamina, notre palme d'or au Festival de Cannes, chez lui. Nous le trouvons justement en train de lire mon dernier livre. Nous mettons le cap sur un restaurant algérien bondé. Le patron doit improviser pour nous caser dans un coin où finissent de dîner Mohamed Benchicou, directeur du journal *Le Matin*, le directeur d'Air Algérie à Paris, un ancien ministre tunisien et un ancien ministre algérien de la Culture. Le tohu-bohu alentour nous oblige à hurler pour nous faire entendre. Le couscous au méchoui est royal. Ma tête tourne. Mohamed Benchicou, qui a toujours accordé une attention particulière à mes romans et dont le journal n'a pas arrêté d'encenser mon dernier livre depuis sa parution, me prend à part pour m'encourager à persévérer dans la nouvelle voie que je suis en train de me frayer en tant qu'écrivain débarrassé de ses godasses. Le commandant Azzedine l'approuve avec force. Rarement j'ai vu des hommes vanter mon écriture comme ces deux-là. J'en suis presque effrayé. Lorsque la clientèle s'est allégée, nous nous installons, tous les Algériens, autour d'une même table et nous tournons le dos au reste du monde, certains qu'à nous seuls nous en constituons un.

Horripilé par le chuintement de la chaussée gorgée d'eau, le chauffeur de taxi slalome au milieu des embouteillages. Je ne fais pas attention à sa grogne. Je pense à Arezki Metref, qui n'est pas venu au salon. C'est un journaliste talentueux et un écrivain pudique que j'ai connu, en 1989, à Tamanrasset. Une semaine a suffi pour sceller notre estime. Je ne l'ai plus revu depuis. Onze ans plus tard, en janvier 2001, sa voix gutturale résonne sur mon mobile. Il m'invite à l'Association culturelle berbère, en avril. Quatre mois, c'est long pour serrer contre soi un copain... À travers la buée sur les vitres, je contemple les gens qui se dépêchent de part et d'autre, la nuque ployée sous le parapluie. Paris s'emmaillote dans un clair-obscur affligeant. Il est midi, et l'on se croirait aux portes de la nuit. J'essaie de ne pas laisser la grisaille de la métropole m'engourdir l'esprit. Mon séjour à Paris a été sublime, et ce ne sont pas les caprices d'un soleil farfelu qui vont le gâcher. Le taxi me dépose au 20, rue Monsieur. Pierre Thenard et Philippe Cardinal m'attendent sur le parvis de l'hôtel Montesquiou. M. Charles Josselin arrive de Londres. Il nous invite à passer à table. Les convives sont Boualem Sansal, Salim Bachi, Maissa Bey qui débarque de Sidi Bel Abbes, Lakhdar Belaïd, journaliste et auteur d'un premier polar remarquable, Catherine Simon du *Monde*, Patricia Allémonière de TF1 et une écrivaine algérienne que mon éducation ne me permet pas de nommer ici et que j'appellerai, pour les besoins de la cause, Mme Hélas.

M. le ministre parle de la francophonie, de la coopération, des relations algéro-françaises qui s'enveniment copieusement au gré des sautes d'humeur de la situation sécuritaire. Les discussions s'enchaînent, se désolent, dénoncent les dérives d'un système hunnique qui aura dévasté l'école, l'université, les espoirs de la jeunesse algérienne. Le bilan est catastrophique ; mais nous sommes là, fleurons de la nation, pour prouver que si le bateau coule parce que le capitaine fait le beau devant sa glace, nous saurons accompagner les naufragés jusqu'au fond en leur inventant des îles providentielles à chaque tasse d'eau avalée. Mme Hélas rejette mes propos qui sentent trop le baroud. À croire qu'elle me tient pour le principal responsable de la déroute algérienne. Pour elle, je ne suis qu'un militaire aux mains maculées de sang qui ferait mieux d'aller vérifier les chargeurs de sa mitraillette au lieu de rester là à rajuster nerveusement sa cravate de péquenot. Je n'ai point rencontré cette dame. J'ai seulement entendu dire qu'elle a très mal pris la venue intempestive d'une certaine Yasmina Khadra dans le paysage littéraire franco-algérien, allant jusqu'à divorcer d'avec son éditeur pour ne pas avoir à subir les inégalités d'une cohabitation acquise « d'office » à la parvenue.

— Pourquoi ne parlez-vous jamais de la torture, dans vos livres ? me lance-t-elle.

— Mais il en parle, madame, lui signale le ministre.

— Il n'y a rien, dans ses livres, de cette Algérie qui souffre, s'obstine-t-elle en se trémoussant d'aversion. Il n'en présente qu'une vieille image d'Épinal. Ses textes se situent très loin de la réalité. Dites-moi, monsieur Khadra, ne croyez-vous pas que vous en faites trop à force de fantasmer sur une Algérie qui vous échappe ?

— Je vous rappelle que je reviens de la guerre qui sévit encore là-bas.

— Ah, bon !

Là encore, elle est persuadée qu'il s'agit d'une divagation supplémentaire.

— Pourquoi un pseudonyme, alors ?

— Je l'ai déjà expliqué.

— Allons, allons, vous n'allez tout de même pas nous faire avaler que l'armée n'était pas au courant de votre petit manège.

Catherine Simon émet un rire corrosif, solidaire de la perspicacité de Mme Hélas qui a, au moins, la vertu de dire haut ce que tout le monde pense bas. Le rire de la journaliste française fait mouche. Les inimitiés gratuites, particulièrement celles que je ne m'explique pas, m'atteignent toujours de plein fouet. M. Josselin perçoit l'empuantissement qui menace la rencontre, tente de calmer les esprits. Mme Hélas ne décroche pas ; elle est convaincue qu'elle tient le bon bout et refuse de lâcher prise. Je suis certain qu'elle n'a accepté l'invitation du ministre que pour régler ses comptes avec un écrivain qu'elle déteste et conteste avec la même furie.

— Pourquoi un pseudonyme féminin ? Je trouve que c'est d'une malveillance inqualifiable.

— Chacun est libre de prendre le pseudo-nyme qu'il veut, intervient Pierre Cardinal qui commence à voir où l'écrivaine veut en venir.

— Féminin ? Pour un homme ? Il a abusé des femmes. Beaucoup de revues féminines lui ont consacré des pages élogieuses. Il les a trompées. Tiens, je vais vous raconter. C'était à Montréal. Une universitaire autrichienne, Beate, donnait une conférence sur Yasmina Khadra. Emballée, elle était, la pauvre. Envoûtée. À la fin de son inter-vention, j'étais allée la trouver. Que savait-elle de Khadra ? Elle me dit que c'est une Algérienne qu'elle étudiait depuis des années, qu'elle lui avait consacré un mémoire de DEA à la Sorbonne en 1994, et qu'elle était en contact permanent avec elle. J'ai ri et j'ai appelé Abdelkader D., un écri-vain oranais qui connaissait personnellement notre mystérieux auteur. Et Abdelkader lui a tout déballé. *Tout*. La pauvre, j'ai cru qu'elle allait nous claquer entre les pattes. J'étais peinée pour elle. C'était atroce.

Et là, j'ai compris. Les étrangers ne nous détes-tent pas. Le mal est en nous. Les quelques jour-nalistes français qui ont été désagréables avec moi n'avaient de moi que l'image que leur offraient mes faux frères. Ils m'ont regardé à travers les yeux de certains de mes compatriotes. Long-temps, les miens se sont attardés sur ceux de Mme Hélas, lui cherchant une excuse, une circonstance atténuante. Rien. Assise à gauche du ministre, vipérine et fière de l'être, elle glousse, sûre de m'avoir porté le coup de grâce. Ses prunelles brûlent d'une jubilation malsaine, morbide. La nausée assiège mon palais. Je repousse mon assiette, refuse les plats suivants, craignant que la moindre bouchée ne me fasse dégueuler. J'ai hâte de rejoindre la gare de Lyon où un TGV m'attend dans une heure pour me conduire auprès de mes enfants. Autour de la table, un silence gêné s'est installé. Maissa Bey me regarde, sincèrement désolée. Boualem Sansal et Salim Bachi n'arrivent plus à déglutir ; ils fixent leur assiette. J'ai honte. Comment peut-on fausser une aussi respectable rencontre, indisposer un ministre, transformer un repas amical en une grossière muflerie ? Mme Hélas pêche un gros cigare dans un boîtier, l'allume avec une grâce insolite. J'ai du chagrin pour elle. Et pour moi. Les élucubrations continuent. Chez un libraire ou chez un ministre, elles se surpassent. À Alger, un chef de gouvernement avait laissé entendre que Yasmina Khadra était une pure invention des médias français ; d'autres responsables déclarèrent que les informations en leur possession étaient formelles : *les* auteurs de *Morituri* n'avaient rien à voir avec celui des *Agneaux du Seigneur*, encore moins avec celui d'*À quoi rêvent les loups*. De Paris à Montréal, aveuglés par une jalousie chimérique, Abdelkader D. et Mme Hélas troublèrent les esprits en insinuant, à qui voulait les croire, que Yasmina Khadra n'était, en fait, qu'un agent de la Sécurité militaire algérienne de toute évidence aidé par des officiers du contingent puisque le commandant Moulessehoul savait à peine lire et rédiger un rapport… Plus tard, à Cologne, ma traductrice allemande, Regina Keil, me signalera qu'une rumeur persistante, à Paris, avance que je ne suis pas l'auteur de mes livres… Je suppose que je dois prendre cela pour des compliments. C'est chose faite.

Patricia Allémonière me murmure une gentillesse. Navrée. Catherine Simon, elle, s'est fossilisée dans une sourde animosité. Quelques mois auparavant, elle a dû être ravie quand j'ai accepté de lui accorder une interview malgré ma décision de me taire afin de préparer mon départ définitif de l'armée dans la discrétion. Aujourd'hui, elle me retire sa confiance, ne m'en laisse pas un bout.

Le suspect n'a pas droit aux égards. Seul l'accusé est innocent jusqu'à preuve de sa culpabilité.

— Il faut essayer de m'aimer, lui dis-je.

Je n'ai pas besoin de son affection. C'est juste pour l'éveiller à elle-même ; une façon de lui dire, à elle et aux autres : apprenez à juger par vous-mêmes. Si vous êtes indécis, laissez faire le temps. Surtout, en aucun cas, ne demandez pas aux ânes ce qu'ils pensent des pur-sang car ils reprennent conscience de leur déveine et leur fiel n'en devient que plus grand.

Avant que nous nous séparions, Mme Hélas, éméchée, s'approche de moi et, sans vergogne, me susurre :

— Sans rancune.

Purée !

Je lui souris. Pour ne pas lui cracher dessus. Ma salive risquerait de la purifier, et je ne tiens pas à sauver son âme.

Il est des gens qui rejoignent certains fromages dont l'authenticité relève soit de la teneur de leur moisissure, soit de la densité de leur puanteur. Abdelkader D. et Mme Hélas sont de ceux-là. Ils incarnent leur purulence. Les désinfecter serait les dénaturer.

— Ta brutalité risque de choquer un grand nombre de tes lecteurs, m'avertit le regretté Malek Haddad en lisant, par-dessus mon épaule, les lignes reproduites plus haut.

— Je sais. Mais l'honnêteté ne consiste pas seulement à reconnaître ses propres torts.

— À ta place, j'éviterais ce genre de confrontation. C'est inutile et réducteur.

— À ma place ? Tu n'es pas bien là où tu es ? Nous ne pouvons pas réagir de la même façon, maître. Quand tu voulais écrire, il te suffisait de prendre un crayon et une rame de papier. Ce n'est pas mon cas. Moi, avant de commencer à tailler mon crayon, il me fallait d'abord permuter mes yeux et mes bras.

18.

Le TGV entre en gare Saint-Charles à 15 h 35.

La correspondance pour Aix-en-Provence est dans une demi-heure.

Un engin rabougri barrit sur les quais, les défenses chargées de colis, taillant son bonhomme de chemin dans la frayeur des passagers. Deux vieillards protestent contre le monstre ; ce dernier continue de foncer dans la cohue, le klaxon nasillard et l'allure intraitable.

J'achète *El Watan* et *Liberté* dans un kiosque – ce sont les seuls journaux algériens distribués à cet endroit – et je vais dans un café.

Les nouvelles du bled sont accablantes.

Je décide de me faisander devant une baie vitrée. Dehors, des chauffeurs de taxi s'amenuisent à guetter un client. Un gros conducteur est couché sur la banquette arrière de son véhicule, les mains croisées sur le ventre, les jambes sur le trottoir.

Marseille me rappelle Oran, avec son ciel livide et ses foules criardes.

Puis Paris revient me rappeler à l'ordre.

Que reste-t-il de ces dix jours de retrouvailles ? Une colère qui supplante toutes les joies de la terre. Mais pas question de rentrer chez moi avec une mine défaite. Ma femme a besoin de se changer les idées. Une ride, sur mon front, pourrait la tétaniser. C'est donc avec le sourire que je la retrouve. Mes enfants me sautent au cou en hurlant de joie. Les embrassades finies, ils tendent la main. Je leur montre mon sac sur lequel ils se ruent à la recherche de leurs cadeaux. Ma petite Hasnia n'ose pas avancer sur moi. Elle se tient au milieu du salon, les doigts dans la bouche et les yeux intrigués. Elle ne comprend pas pourquoi j'ai été absent si longtemps, elle qui a pris le pli de s'endormir dans mes bras et de ne se réveiller qu'en appelant son papa. Je mets un genou à terre, écarte les bras ; elle recule jusqu'au mur, boudeuse et prudente, lançant des regards effarouchés en direction de sa mère. Elle mettra une heure pour me pardonner ma fugue.

Ma femme attend que je prenne place sur le canapé avant d'exiger mon rapport. Mon histoire la détend sans trop l'enthousiasmer. Quelque chose, dans ma satisfaction, coince par moments. Elle revient sur certains détails, me harcèle. Au bout d'un interminable interrogatoire, elle consent à me lâcher du lest. Nous ne rejoindrons notre chambre que tard après minuit. Plusieurs fois, en se levant pour calmer Hasnia, elle me surprendra les yeux rivés au plafond.

— Tu veux une tisane ?

— Pas même un comprimé.

— Tu es sûr que ça va ?

— Tu sais très bien que, crevé, j'ai des difficultés à fermer l'œil.

— Tu as été embêté à Paris, n'est-ce pas ?

— Je te jure que ça a été formidable.

Elle n'insiste pas et se rendort.

Je m'assoupis à mon tour.

En rouvrant les yeux, je vois de la lumière au salon. Ma femme ronronne profondément. Je tends l'oreille, crois percevoir un froufrou au fond du vestibule. Soudain, une toux grasse ; je m'extirpe de mon lit et, pieds nus, je vais voir de quoi il retourne.

Je surprends deux hommes, dans le salon. L'un, obèse, se balançant dans une chaise à bascule ; l'autre assis sur un canapé, en train de farfouiller dans un tas de journaux et de magazines.

— J'espère qu'on t'a pas réveillé, dit ce dernier.

— N'est-ce pas ce que vous espériez ?

Le commissaire Llob s'arrache à contrecœur à ses lectures et lève sur moi un regard insondable.

— On passait dans les parages, Da Achour et moi. Alors, on s'est dit que ça te ferait plaisir que l'on vienne te secouer les oreilles qui ont tendance à n'écouter que les mauvaises rengaines.

— Tout à fait, renchérit Da Achour en oscillant paresseusement, son chapeau de paille sur les paupières.

Brahim Llob est le héros malheureux de mes polars. En quelques épisodes, il a acquis des inconditionnels aussi bien en Europe qu'au

Maghreb. Son assassinat, dans *L'Automne des chimères*, m'a valu des reproches inextinguibles ; certains pensent que je l'ai fait tuer juste par jalousie.

Il me montre la table jonchée de coupures de presse.

— Impressionnant. Beaucoup d'écrivains auraient été aux anges s'ils avaient eu le quart de tes critiques.

— J'en suis conscient.

— C'est une chance énorme, au vu des centaines d'ouvrages qui sortent chaque année et dont la majorité passe inaperçue.

— Le problème n'est pas là, Brahim. Je ne suis qu'un miroir. Chaque critique réagit à mes livres en fonction de ce qu'il est viscéralement. De cette façon, j'ai appris qu'il y a plus de gens bien que de mauvais. Là est la vraie chance.

— En tout cas, tu n'as pas l'air de t'en réjouir.

— Je t'assure que si.

— Alors, où est le problème ?

— Je n'en sais fichtre rien.

Le commissaire Llob me prie de m'asseoir à côté de lui. J'hésite. Da Achour soulève son chapeau d'un cran pour m'encourager. Je temporise avant de me laisser choir sur le canapé.

Llob feuillette encore et encore le monticule de journaux, s'attarde sur les titres ou sur mes photographies, dodeline du menton et ajoute, un caillot dans la gorge :

— Ta femme n'a pas tort : une moue dans un stade de sourires fout en l'air ton bonheur. Quand vas-tu t'intéresser à ceux qui t'aiment au lieu de t'ingénier à raisonner tes détracteurs ? Le monde est à base de générosité et de vilenie. On ne peut pas revendiquer l'unanimité sans passer pour un illuminé.

— La mégalomanie est le fondement de la littérature, Brahim. Elle ne me gêne pas. Ce qui me dérange est que toi, tu ne me comprennes pas.

— Je ne demande que ça.

— Commence d'abord par ne pas te méprendre sur mon compte.

— Aide-moi. De mon côté, j'ai beau essayer, j'y parviens pas. Même Da Achour donnerait sa langue au chat.

Le vieillard opine du chef.

— C'est vrai, confirme-t-il.

— N'as-tu pas assez de t'immoler par le feu pour t'éclairer ? me reproche le flic excédé.

— Tu vois ? Je te dis que tu fais erreur sur la personne.

Brahim Llob repose les revues, se retourne d'un bloc vers moi. Un tic embarrassé tressaute sur la pointe de sa joue. Après un soupir, il s'approche, cherche à me prendre les mains, y renonce aussitôt, sachant que j'ai horreur que l'on me tienne ainsi depuis que la main de mon père a laissé tomber la mienne, il y a plus de trente ans. Sa bouche remue nerveusement, ne trouve pas ses mots. C'est Da Achour qui, immobilisant soudain son rocking-chair, lui vient à la rescousse. Il commence par ôter son chapeau, le tripote pensivement puis le repose sur son genou. Ses yeux inspirés du ciel de Kabylie piquent sur les miens et sa voix, longtemps en fermentation au tréfonds de son être, gicle comme un geyser dans le silence de la pièce :

— Ton drame, Yasmina, tu as imaginé un monde merveilleux susceptible de t'aider à surmonter celui qui néantisait l'enfant que tu as été ; un monde de lumière pour conjurer le noir qui te momifiait ; un monde où le verbe du poète dominerait les acrimonies ordurières des caporaux. C'était tellement inespéré que tu as fini par y croire corps et âme. Seulement, ce monde-là n'existe pas. Parce qu'il est le fruit de tes candeurs, il te tient à cœur. Aujourd'hui, il faut que tu t'éveilles à toi-même. Les paradis conçus par les hommes ne reflètent que l'inaptitude des hommes à supplanter les anges. La littérature n'échappe pas à cette faillite. Elle est injuste et cruelle, à l'image de ceux qui la conçoivent. Et ça, tu refuses de l'admettre. Parce que cette réalité menace ton équilibre, fausse le combat que tu as livré à l'insignifiance et à la bêtise, toi qui t'aventures à élever tes semblables au rang des valeurs que tu incarnes, *toi*. Il ne faut pas parier une seconde que les justes ont raison. La raison, la vraie, est un vieux rêve de Dieu. Et les hommes ne croient qu'aux rêves qui les brisent.

Longtemps l'écho de sa voix continue d'ondoyer dans le salon. Da Achour renfonce son chapeau jusqu'aux oreilles, assène un petit coup de reins à sa chaise à bascule et se remet à se bercer au gré des crissements.

144

Brahim Llob consulte sa montre et me dit :

— L'autre fois, tu disais au cheikh Kateb Yacine que tu étais venu, ici, chercher quelqu'un. Eh bien, qu'attends-tu pour aller le trouver ? Son train part dans vingt-trois minutes.

On dirait que tout Aix s'est donné rendez-vous dans la vieille ville. Les rues grouillent de noctambules ; les trottoirs en débordent, les déversent par flots sur les chaussées. Des vieillards battent en retraite en direction des brasseries saturées ; les couples dérivent et les parents interpellent leurs enfants emportés par le ressac des cohortes. Des familles entières s'agglutinent sur les balcons ; d'autres préfèrent se rassembler sur le pas de leurs maisons. De temps à autre, des remous se soulèvent et déferlent à travers les ruelles dans un roulement de cris et de rires. J'ignorais qu'il y avait la fête au village. Sur la place de la mairie, une foule inextricable farandole autour d'un orchestre municipal en s'égosillant, les bras comme une forêt de roseaux balayée par le vent. Des saltimbanques d'un autre âge amusent la galerie, les uns marchant sur des cordes, les autres crachant sur des torches aux sursauts fulgurants. J'essaie de couper par des pertuis ; impossible d'avancer plus vite. Les fêtards n'écoutent pas mes râles, ne voient pas que je suis pressé. Une bande de copains hilares, déguisés en flibustiers, m'entraîne dans son sillage ; je me débats, nage follement à contre-courant, les yeux sur le cadran de ma montre. Dix minutes, sept, cinq…, le temps passe, je perds mon sang-froid. J'atteins la rotonde ; là encore la liesse ressemble à un naufrage. Par je ne sais quel miracle, je m'engouffre dans une avalanche qui me transporte jusqu'à la gare. Un monde en ébullition festoie dans la salle. Je supplie pour que l'on me laisse passer. Une minute, cinquante secondes, quarante… J'avance d'un pas et recule de deux bonds. Le coup de sifflet du chef de gare retentit par-dessus le charivari, me glaçant les veines. Dans un ultime effort de désespoir, je réussis à me faufiler sur les quais juste au moment où le train démarre. Je lui cours après, ricoche sur les traverses de la voie ferrée, redouble de vitesse en agitant les bras dans l'espoir d'être entrevu par le conducteur, sourd aux appels du chef de gare. Au bout d'une course vertigineuse, le train me distance et continue sa route. Le cœur malmené et la poitrine en feu, je m'arrête au milieu des rails et regarde les derniers wagons disparaître dans un virage. J'ignore combien de temps je suis resté terrassé sur le ballast. En reprenant mes sens et un peu de mon souffle, je m'aperçois que les clameurs de la ville se sont tues. Les quais sont soudain déserts et le chef de gare s'est tiré. Je reviens sur mes pas jusqu'à la salle. Les fêtards, qui s'y pressaient quelques instants auparavant, se sont volatilisés. De l'autre côté des baies vitrées, plus âme dans les rues. Un silence sépulcral règne sur la nuit… Seul un soldat est effondré sur un banc, son sac marin à ses pieds, la tête dans les mains. Son treillis scintille d'apprêt et ses bottes sont cirées comme au défilé. Ce n'est pas un soldat français ; ses galons d'officier sont ceux d'un commandant d'Algérie.

Je m'approche de lui ; comme il ne bouge pas, je prends place sur son côté droit. Notre mutisme rejoint celui de la cité. Nous restons ainsi une éternité, lui abattu, moi lessivé.

Sans redresser la nuque, il me chuchote :

— Je n'ai pas pensé un seul mot de ce que je t'ai dit, l'autre soir.

— Généralement, on ne pense pas grand-chose lorsqu'on a un casque à la place de la tronche.

Il lève enfin les yeux sur moi.

Il a beaucoup maigri, le commandant.

— Vraiment, tu ne m'en veux pas ? implore-t-il.

— Comment t'en voudrais-je ? Tu n'as dit que la vérité… Tu as reçu, toute ta vie, des coups qui m'étaient destinés sans protester. Quand mon tour de te renvoyer l'ascenseur est venu, je l'ai gardé pour moi. Je me suis conduit de façon abominable vis-à-vis de toi.

— Tu es trop sévère avec toi.

— Tu parles ! Mon heure arrivée, j'ai levé la tête plus haut que mes bras et j'ai chanté mes propres louanges. Je raflais les micros que l'on me tendait comme s'il s'agissait d'offrandes et j'ai été stupide de croire que je pouvais faire la fête en solo. Le premier pas de danse que j'ai effectué a été de te marcher dessus… Fini le temps où nous étions dans la merde. Maintenant que le bain de foule me lave de tout soupçon, au revoir et merci. Mon ex-compagnon de cellule n'a pas la tête de l'emploi. J'ai oublié sa main qui me réconfortait dans le noir, son souffle sur mon visage transi. Devant le monde entier, je l'ai renié.

— Tu avais raison de procéder ainsi, Yasmina. Mon rôle était terminé. Ta *famille* littéraire te réclamait ; il me fallait céder la place.

— Ma vraie famille, c'est toi, commandant Moulessehoul. Tu ne m'as jamais laissé tomber. Même lorsque je m'arrangeais pour me mettre le Diable sur le dos, tu te dépêchais de le porter pour moi. Qu'ai-je fait pour te rendre la pareille ? À peine atterri au pays de cocagne, j'ai fait celui qui ne te connaît pas et je me suis rangé du côté de ceux qui te montraient du doigt pour me préserver des mauvaises fréquentations. J'ai été pire que tous. Si les autres avaient leurs motivations, moi, je n'avais aucune excuse. Il a suffi d'un soupçon crucifié sur le front des inquisiteurs pour que je te pousse vers l'échafaud.

— Ce n'est pas vrai...

— Je ne suis pas là pour demander l'absolution. Je suis venu reconnaître que, de nous deux, le brave, c'est toi. Tu n'as jamais renoncé à tes convictions, commandant, ni monnayé une miette de ton intégrité. Tu es resté égal à ta fidélité. Ça n'a pas été mon cas. J'ai cru saisir ma chance, et ce n'était qu'un leurre. Le destin m'appâtait pour me tester ; je lui ai prouvé que je ne mérite pas son indulgence. Ma vie a été jalonnée de travers à cause de mon esprit tordu. J'ai mordu à l'hameçon comme on croque la lune ; ça m'a pété à la gueule, et c'est bien fait pour moi.

Je me penche sur son sac, le jette par-dessus mon épaule et, pour la première fois depuis cet automne 1964 où le portail de l'école des cadets me confisquait au reste de la planète, je lui tends la main.

— Viens, lui dis-je, rentrons à la maison.

Il tergiverse, cherche dans mes yeux un point d'appui.

— Viens donc, insisté-je, les enfants nous attendent.

Il avale convulsivement sa salive.

— Tu es sûr que c'est ce que tu veux ? me demande-t-il encore.

— Aussi sûr que toi et moi ne faisons qu'un.

"Naissance
d'un bourreau"

À quoi rêvent les loups ?
Yasmina Khadra

Alger, fin des années 80. Alfa Walid, jeune Algérois d'origine modeste, est employé comme chauffeur auprès de l'une des familles les plus riches et les plus influentes du pays. Une nuit, on le contraint sous la menace à faire disparaître le cadavre d'une adolescente... à force de persuasion et d'intimidation, les islamistes intégristes parviennent à brouiller les repères de ce jeune homme vulnérable pour en faire un barbare capable des crimes les plus cruels.

(Pocket n°10979)

Il y a toujours un Pocket à découvrir

"La plume et le fusil"

L'écrivain
Yasmina Khadra

En 1964, l'Algérie est une jeune nation. Mohammed, neuf ans, est confié par son père à l'école Nationale des Cadets de la Révolution, une école militaire. Il y reçoit une éducation spartiate faite de brimades, de discipline féroce, de solitude. Vers onze ans, il découvre sa passion pour l'écriture, une vocation née au contact des contes. Toute sa vie va être une lutte pour reprendre en main son destin confisqué. Cette autobiographie de Mohammed Moulessehoul, alias Yasmina Khadra, est un témoignage à la fois sur les malheurs d'un enfant privé de l'amour de ses parents et sur ceux d'une nation, jeune et fragile, à peine remise de la guerre et qui dérive vers l'autoritarisme militaire.

(Pocket n°11485)

Il y a toujours un Pocket à découvrir

"Ghachimat, village algérien"

Les agneaux du seigneur
Yasmina Khadra

Ghachimat est un village de l'Algérie d'aujourd'hui : on se connaît depuis l'enfance, on se jalouse comme on se méprise on s'affronte en secret pour obtenir la main d'une fille. Sous le joug d'une tradition obsolète, on ne s'émeut guère des événements qui embrasent la capitale. Mais le retour au pays d'un enfant fanatisé suffit à précipiter dans la violence intégriste les habitants de Ghachimat. Porté par le ressentiment et la rancoeur, le village plonge dans la terreur et le sang.

(Pocket n°10786)

Découvrez tous nos titres disponibles en version numérique

Rendez-vous sur les sites des **e-libraires**
et sur **www.pocket.fr**

Visitez aussi :

www.fleuvenoir.fr
www.pocketjeunesse.fr
www.10-18.fr
www.languespourtous.fr

POCKET

Il y a toujours
un **Pocket** à découvrir

Imprimé en France par

à La Flèche (Sarthe)
en septembre 2011

POCKET – 12, avenue d'Italie - 75627 **Paris cedex 13**

N° d'impression : 65802
Dépôt légal : janvier 2004
Suite du premier tirage : **septembre 2011**
S20493/01

P. 80